贵州省同步小康优秀民间歌谣丛书

我歌我快乐
之 息烽

中共息烽县委政策研究室
息烽县全面小康建设办公室
息烽县文学艺术界联合会
编

贵州出版集团
贵州人民出版社

图书在版编目（CIP）数据

我歌我快乐之息烽 / 中共息烽县委政策研究室，息烽县全面小康建设办公室，息烽县文学艺术界联合会编. —贵阳：贵州人民出版社，2018.12

ISBN 978-7-221-14897-1

Ⅰ.①我… Ⅱ.①中… ②息… ③息… Ⅲ.①民间歌谣—作品集—息烽县 Ⅳ.①I277.273.4

中国版本图书馆CIP数据核字（2018）第257297号

我歌我快乐之息烽

中共息烽县委政策研究室
息烽县全面小康建设办公室　编
息烽县文学艺术界联合会

选题策划：	谢丹华
责任编辑：	孔令敏　陈　章
装帧设计：	黄红梅　陈红昌
出版发行：	贵州出版集团　贵州人民出版社
地　　址：	贵州省贵阳市观山湖区会展东路SOHO公寓A座
印　　刷：	贵阳佳迅印务有限公司
规　　格：	889mm×1194mm　1/32
印　　张：	5
字　　数：	140千字
版　　次：	2018年12月第1版　2018年12月第1次印刷
书　　号：	ISBN 978-7-221-14897-1
定　　价：	32.80元

《贵州省同步小康优秀民间歌谣丛书》编委会

顾　问：顾　久
主　任：李　裴　杨梦龙
副主任：王瑞军　汪信山
委　员：梁小江　柴永兴　王　黔　王维伦　曾　征
　　　　罗吉红　傅立勇　卫建和　王定芳　蒲祖银
　　　　曹继才　包俊宜　张云长　肖　勤　姚晓英
　　　　陈　贤　龙险峰　桂　兵　刘作东　黄光兴

《我歌我快乐之息烽》编委会

顾　问：卓　飞　刘大英　王永平
主　任：金　松
副主任：李福燕
成　员：姜文艺　朱登麟　袁　晔
主　编：朱登麟
副主编：袁　晔
编　辑：甘元形　黄登贵　李正君
编　务：潘远波　朱庭广　金山伦

序

张广智

"小康不小康,关键看老乡。"党的十八大以来,贵州省把增强文化自信作为坚定理论自信、道路自信、制度自信和发展自信、跨越自信、小康自信的深厚基础,把动员群众参与作为全面小康建设的强大支撑,在全省以县为单位开展同步小康创建活动。到2015年底,全省全面小康实现程度达82%,已有21个县实现同步小康创建达标,提前实现了省第十一次党代会确定的全面小康第一阶段奋斗目标。

"党中央制定的政策好不好,要看乡亲们是哭还是笑。"在贵州省同步小康创建活动中,勤劳、善良、热情的各族人民缘物起兴、触景生情,长歌当啸、感恩谢党,创作了大量带着泥土芬芳、洋溢着时代气息的民间歌谣。2015年底,省全面小康办与省文联在全省范围内联合开展"我歌我快乐"——贵州省同步小康优秀民间歌谣征集活动,短短半年时间就征集到歌谣5万余首。这些民歌、民谣、山歌、小调,歌颂党的好政策、歌咏全面小康、歌唱幸福生活,艺术地再现了黔山秀水的时代变迁,再现了各族人民在"共筑中国梦"征程中的真情实感，再现了贵州省进入后发赶超、加快全面小康建设重要阶段的生动实践。

贵州是一个多民族聚居的省份，在中华民族大家庭中创造了灿烂的民族民间文化。这里的人民"会说话就会唱歌，会走路就会跳舞"，《好花红》《桂花开放幸福来》《山茶花开朵朵红》《情姐下河洗衣裳》等民歌脍炙人口、传唱不衰。这次征集到的《花茂人家》《情满苗乡》《茶乡童谣》《人民是线随后跟》《山里山外把门开》《毛南人家幸福多》《巴山豆叶儿长》等优秀民间歌谣，发展主题突出、民族元素丰富、地域特色明显，跳动着时代脉搏、反映着世道人心，从中可以看见撒落在乡村的历史、遗留在民间的文化，是不可多得的珍宝。今天的精品，经过时间的洗炼，必将成为明天的经典。编辑出版一套同步小康优秀民间歌谣丛书，对于增强文化自信、进而打造多彩贵州民族特色文化强省具有重要的促进作用，对于动员更多群众参与同步小康创建、谱写实现中华民族伟大复兴"中国梦"的贵州篇章更具有十分重要的现实意义。

"我歌我快乐，欢喜参你说；生活红胜火，幸福何其多！"省全面小康办、省文联组织发动市、县两级，在很短时间内完成的这项浩大文化工程，充分反映出今天这个伟大的时代人民群众多么需要歌唱，充分体现出贵州各族群众对全面小康的热切期盼与自信自强。这套丛书涵盖了省内各个民族、各个市（州）和县（市、区），并以市、县为单位分别成册，在全国尚属首创，必将为唱响贵州好声音、展示贵州好形象发挥积极而独特的作用。

（作者时任中共贵州省委常委、省委宣传部部长，现任中共陕西省委常委、省委组织部部长）

前言

中国自古就是诗歌的国度，每个时代都创作出大量脍炙人口的诗歌。民歌民谣源自民间，充分呈现地域文化、记录时代足音、反映人民心声，得以广泛传播和传承，成为中国诗歌的重要组成部分。

息烽地处黔中要塞，自古即有"川黔锁钥·黔中咽喉"之称。人类活动历史悠久，文化遗存丰富多彩。境内有息烽集中营革命历史纪念馆和息烽乌江峡两个全国红色旅游经典景区，有毛泽东同志题写编者按的中国·堡子半边天文化发祥地，有被誉为"天下第一神汤"的息烽氡温泉群，有南望山、西望山、团圆山、天台山四大原生丛林，有以多缤洞、龙滩洞为代表的地下溶洞群，有西望山佛教圣地、团圆山陨石坑及恐龙化石发掘地、柏香山黔商故地，有东汉古墓、明永乐五年盟誓碑等众多历史文化遗存，有息烽花灯、龙灯、阳戏、苗族"四月八"活动、苗族芦笙舞、虫茶制作技艺等非物质文化遗产。

近年来，中共息烽县委、县政府以习近平新时代中国特色社会主义思想为指导,以同步小康创建统领工作全局,带领全县干部群众弘扬"自强不息、艰苦奋斗、赤胆忠诚、协力争先"的息烽精神,积极主动适应新常态,坚定不移实施"工业强县、科教兴县、环境立县、旅游活县"战略。紧紧围绕同步小康创建指标体系,立足实际,科学谋划,认真找准"三个不能代替"的实现形式,努力拓展"三个核心指标"的辐射范围,全面抓实"三个验收标准"的关键环节;研究制定100%的乡镇、社区实现"531"目标,100%的城乡居民享有医疗保险、养老保障、低收入保障、失业保障和住房保障,100%的村通电、通硬化路、通客车,100%的村民组通公路、通串户路、通自来水,100%的居民户通电话、通互联网、通广播电视,100%的农村危房实现动态改造"6个100%",85%的城镇居民可支配收入不低于3000美元、85%的农村居民可支配收入不低于1000美元等"2个85%"的实现路径。坚持以实实在在、人民得实惠、老百姓认可为最高追求,创造人民群众看得见、摸得着、能感受、均受益的经济社会发展成果,成功创建了一批省级综合和单项示范村。2014年全面小康总体实现程度为95.2%,群众认可度达到91.69%,全面小康创建通过省级达标县认定。2017年,息烽地方生产总值186.68亿元,公共财政预算收入7.9亿元,城乡居民可支配收入分别达到30185元、13089元,经济发展综合测评在全省县域第一方阵22个县中排第11位。

全面小康建设过程中,县、乡、村各级切实加大宣传、引导力度,在制作喷绘、悬挂标语、制作宣传册、媒体推介等形式的基础上,组织文艺工作者深入基层、深入群众、扎根一线,收

前　言

集、创作大量民歌、民谣、花灯唱段和原创歌曲，向群众广泛宣传创建成果、引导群众积极参与创建工作，征集到一批优秀的同步小康创建民间歌谣。民歌《党领苗乡奔小康》被省全面小康办、省文联评为同步小康民间歌谣征集活动三等奖，民歌《我们住在一栋楼》在《贵州日报》庆祝建党95周年、纪念红军长征胜利80周年诗歌专页刊发。

为全面真实反映干部群众在全面小康创建过程中积极参与创建、共享小康成果的心路历程，息烽县小康办、县文联按照省、市统一安排，收集、整理并精选一批民间歌谣作品，编辑出版贵州省同步小康优秀民间歌谣丛书《我歌我快乐之息烽》，以兹激励全县干部群众激情唱响小康，努力建好小康，率先实现全面小康。

目 录

序 001
前言 001

要好还数家乡好

要好还是家乡好 002
歌唱红岩葡萄沟 003
天然氧吧团圆山 003
青山绿水好农家 004
我的家乡在流长 004
城乡对唱 005
歌唱息烽好地方 006
秋游红岩葡萄沟 008
表乡村 009
要唱息烽变了样 010
我家当门有条河 012
送妹回家爬山坡 013
红岩山上葡萄多 014
又到八月桂花飘 014
满坡都在唱山歌 015

城里人你莫要夸 …… 016
我家住在田坝中 …… 017
记得当年息烽街 …… 018
息烽山水无限美 …… 019
前奔对面是金沙 …… 020
说息烽，道息烽 …… 021
好久没到家乡来 …… 023
说唱息烽 …… 025
家乡米酒清又清 …… 028
息烽是个好地方 …… 029

干群同心建小康

吊瓜棚架排对排 …… 032
油菜花开幸福来 …… 033
恩爱夫妻建家园 …… 034
金鸡飞来站树丫 …… 035
青年主任来当家 …… 037
高速路上把身翻 …… 037
哥哥引回金凤凰 …… 038
四季调 …… 039
留守媳妇打工哥 …… 040
山山水水游兴浓 …… 041
太阳出来亮堂堂 …… 041
邻居媳妇会当家 …… 042
勤劳致富报春晖 …… 042
村里来了农艺师 …… 043
春来满坡草青青 …… 043

妹家当门一条河	044
高山竹子节节高	045
大月亮，二月亮	046
新祭梁歌	047
西望山脚唱小康	048
兄妹打工奔小康	049
唱小康	050
小康谣	052
早春二月梨花开	053
谁说女子不如男	053
液晶彩电太安逸	054
经济繁荣赞息烽	054
家家争抱金娃娃	055
杜鹃开得红艳艳	056
夫妻同心奔小康	057
新村新貌	059
村寨门前有条沟	062
西山梯田水汪汪	063
桃树开花片片红	064

幸福不忘党恩情

太阳能灯路边排	066
豌豆开花藤藤长	067
枧槽沟上跨彩虹	069
羊儿上山咩咩叫	069
十好歌	070
芝麻开花节节高	071

嫦娥想回新农村	071
我送儿孙去读书	072
尊师重教从我起	072
秤过千斤难免错	073
孝敬父母方式多	073
为人父母要理解	074
乡村四季不一般	074
辛勤耕耘莫蹉跎	075
神州欢乐在万家	075
正月十五过大年	076
风吹林子鸟唱歌	077
拍手谣	078
月亮光光	079
大雨哗哗下	080
走了一坡又一坡	081
党的政策就是好	082
阖家团圆过新年	082
正月十五闹元宵	083
清早约妹去赶场	084
我家本住山沟沟	085
爱民最数共产党	086
家家房屋崭崭新	086
美丽乡村美丽家	087
心中时时有人民	087
看我息烽改旧容	088
和谐社会万年春	088
川黔铁路门前过	089
政府架起连心桥	090

太阳出来暖洋洋	091
城乡统筹齐步走	092
歌唱和谐新农村	094
家家户户盖新房	095
云环是我新校园	096
春天到，阳雀叫	097

红岩村上唱山歌

路过息烽遇见你	100
壮歌起息烽	102
请到贵州来	106
请到青山苗乡来	108
党领苗家奔小康	109
一条小河弯又弯	111
我们住在一栋楼	113
勤俭节约把家当	115
息烽美景看不够	117
红岩村上唱山歌	122
青山亲	127
龙马精神壮我行	129
息烽温泉	131
忠魂曲	134
天台佛光	136
巾帼旗帜	138

后　记	140

要好还数家乡好
Yao Hao Hai Shu Jia Xiang Hao

要好还是家乡好

金山伦

要香还数盐巴香,要凉还算井水凉;
要好还是家乡好,绿水青山绕新房。

休闲广场平又宽,古色古香好喜欢;
老少同乐共玩耍,走棋跳舞笑声喧。

土一塝连田一塝,桃木李果栽满田;
白墙灰瓦蝶飞舞,福地洞天桃花源。

金山伦,男,汉族,50岁,自由职业者。

歌唱红岩葡萄沟

金山伦

山清水秀葡萄园,晶莹剔透碧珠悬;
绿叶花海千重浪,一沟一垄全是钱。

红壤碧珠葡萄沟,年年有余庆丰收;
世外桃源清静地,果香人勤美名留。

天然氧吧团圆山

金山伦

广场石阶石飞机,精巧天然隐翠林;
蜂鸣蝶舞神气爽,坐享亭栏听鸟鸣。

天然氧吧团圆山,忙里偷闲乐登攀;
峰顶楼台赏风景,泉清林秀爽心肝。

青山绿水好农家

陈久琪

青山绿水好农家,满山绿树满山花;
游客到此竖拇指,风光如诗景如画。

我的家乡在流长

陈久琪

我的家乡在流长,山清水秀无灾荒;
人民朴实又勤快,齐心协力奔小康。

陈久琪,男,汉族,58岁,息烽县第一中学教师。

城乡对唱

陈久琪

息烽河里水滔滔,城里电梯房很高;
一按电钮能上下,楼上可以四处瞧。

城里高楼出云霄,哪有我们乡村好;
家家住房像别墅,不怕邻居来吵闹。

城里生活才叫好,各种食品都能找;
冷热天气都不怕,家家屋里有空调。

请你不要唱老调,农村已经建设好;
绿水绕村屋隐树,清风阵阵胜空调。

城市道路平又宽,出门脚上无泥粘;
清早起来去锻炼,冲个热水就上班。

抬眼天上月如钩,乡村生活乐悠悠;
都说城里千般好,为啥还到乡村游。

歌唱息烽好地方

朱登麟

说家乡来唱家乡，息烽是个好地方；
十个乡镇四边绕，新华社区在中央。

石硐蔬菜无公害，精品猕桃甜又香；
九庄吊瓜规模上，明清古镇小香港。

流长瓜果沿江种，网箱渔火放光芒；
青山核桃脆又酥，芦笙苗舞夺金奖。

永靖发展后劲强，龙腾狮舞遍山乡；
鹿窝山水森林茂，一条大河连乌江。

西山又建新城镇，佛教名山闻四方；
养龙舞起半边天，农旅互动创辉煌。

温泉水好生态美，丛林深处涌神汤；
工业园区生产旺，小寨坝子大变样。

朱登麟，男，汉族，51岁，息烽县文联主席。

要好还数家乡好

新型社区在新华,和谐家园人向往;
为民服务细入微,凝心聚力树形象。

说家乡来唱家乡,龙马故里好风光;
县委政府把航向,人民齐心奔小康。

身在福中(朱登麟 摄)

秋游红岩葡萄沟

黄登贵

秋游红岩葡萄沟,一见葡萄口水流;
摘颗葡萄入妹嘴,笑说哥哥坏透油。

秋游红岩葡萄沟,河水清清向下流;
漫山遍野葡萄架,红壤碧珠美名留。

秋游红岩葡萄沟,妹讨葡萄在上头;
葡萄摘了几背篓,小康生活不用愁。

秋游红岩葡萄沟,高楼大厦立坡头;
葡萄架下来相会,情哥情妹手牵手。

黄登贵,男,汉族,51岁,息烽县文旅局工作人员。

表乡村

黄登贵

十八大，号角吹响；
定政策，同步小康。
我息烽，大干快上；
看实效，美丽村乡。
黎安村，环境变样；
看立碑，红旗飘扬。
红岩上，葡萄串串；
排杉铺，喜气洋洋。
养龙司，龙马祥瑞；
吏目田，瓜果飘香。
串户路，直通家门；
炒砂道，连遍四方。
小花苗，初四踩山；
青苗族，二月跳厂。
大正月，花灯处处；
四月八，芦笙悠扬。

要唱息烽变了样

黄登贵

不要忙，不要慌，
听我唱段变了样。

变了样，
今昔对比不一样，
南扩西移息烽城，
高楼大厦亮堂堂，
回想民国息烽街，
人烟稀少住草房，
穷人死了无处埋，
富人施棺上天堂。

变了样，
穿着漂亮又大方，
美女穿的超短裙，
帅哥皮鞋亮光光，
一改当年补丁服，
皮衣毛料做衣裳，

一年几套穿不烂,
春衫冬袄保健康。

变了样,
说了县城说九庄,
九庄变成什么样?
油路直通观音堂,
商铺兴旺高楼立,
新街建在路两旁,
团圆山通硬化路,
黄沙古渡建新房。

变了样,
说了九庄说流长,
高速公路正在建,
一桥飞渡跨乌江,
大塘椪柑鲜而美,
前奔梨儿甜又爽。

变了样,
小寨坝镇好风光,
瓮沙蔬菜上市早,
王家坪上李花香,
南极洋芋味道好,
秋季蔬菜卖贵阳。

我家当门有条河

黄登贵

我家当门有条河,河水清清鸟唱歌;
河水清清鸭扑水,表哥表妹唱新歌。

我家门前有条江,生活安逸心不慌;
打鱼捞虾寻妹妹,我不撒网你不张。

我家门前有个塘,鱼摆尾巴忙又忙;
鱼摆尾巴忙散籽,钓客诱食实在香。

送妹回家爬山坡

冯曙建

涓涓细流顺山来,妹在溪边洗衣鞋;
弯弯小路穿山过,哥牵驮马过河来。

给妹哼句赶马歌,妹笑哥哥黄牛歌;
还是妹唱哥来听,歌声飞到对门坡。

哥帮妹妹把衣搓,哗哗流水闪金波;
扶妹上马坐稳啰,送妹回家爬山坡。

冯曙建,男,汉族,59岁,息烽县文联副科级干部。

红岩山上葡萄多

冯曙建

红岩山上葡萄多,年年都赚几万多;
不再打工山外转,返乡创业乐呵呵。

房前屋后都是宝,惹得游人满山找;
城乡一体同发展,小康路上快步跑。

又到八月桂花飘

冯曙建

潮水河上赛龙舟,月亮湾畔风景秀;
水上乐园嘉年华,鸟语花香美如画。

又到八月桂花飘,红岩山上葡萄香;
果满枝头丰收年,幸福生活笑开颜。

满坡都在唱山歌

冯曙建

息烽土鸡硬是多,听了不要嫌啰唆;
林下养鸡是条路,满坡都在唱山歌。

九庄杉林山鸡多,肉嫩味美汤好喝;
高蛋白来低脂肪,要吃就来杉林坡。

泡姜鸡和柴火鸡,不同味道两锅鸡;
炒法用料各不同,酒足饭饱能充饥。

炖汤还有乌骨鸡,有人也喊武山鸡;
口感细嫩营养高,多喝汤来少吃鸡。

还有阳朗辣子鸡,走亲访友好东西;
贵州名吃金榜题,佳肴美名扬东西。

息烽还有石飞机,凌空展翅像公鸡;
陨石坑上守万年,欲驾如同上天梯。

城里人你莫要夸

李正君

城里人你莫要夸，农村不比城市差；
农村更有一样好，一年四季有鲜花。

城里人你莫要夸，农村不比城市差；
农村更有一般好，随手园中摘果瓜。

富美乡村（黄劲松 摄）

李正君，男，汉族，43岁，息烽县史志办工作人员。

我家住在田坝中

李正君

我家住在田坝中,四季风光各不同;
春看菜花黄万顷,李花洁白桃花红。

夏看稻秧满坝绿,四面山坡好葱茏;
秋看满坝黄金稻,丰收喜悦满胸中。

冬看漫天飞白雪,家家都在画图中;
听惯鸡鸣和狗吠,一生不愿住城中。

记得当年息烽街

李正君

记得当年息烽街,只有三条街并排;
咂起一支烟起步,烟未咂完几来回。

二十年来大发展,趁着改革春风来;
小县城变大县城,一片繁荣向未来。

打糍粑(颜　阳　摄)

息烽山水无限美

李正君

息烽山，息烽水，息烽山水无限美；
西山终年多秀丽，古寺周围芳草密。

禅音常随烟袅袅，鸟儿叫得声声脆；
雨花瀑布四季飞，润得山色真明媚。

苗乡更有青山湖，碧绿温柔惹人醉；
荡舟湖上不忍归，归来感觉在梦里。

还有好多说不完，你来详细告诉你；
劝君快到息烽来，否则将来要后悔。

前奔对面是金沙

罗孝华

前奔对面是金沙,跨江大桥人人夸;
山坡种满经果林,道路纵横连千家。

红军南渡多壮烈,江边耸立纪念塔;
田园修通机耕道,庭院开满小康花。

黎安村色(陈继康 摄)

罗孝华,男,汉族,47岁,息烽县流长镇前奔村村医。

说息烽，道息烽

罗孝华

说息烽，道息烽，息烽四季如春风；
城乡美丽生态好，如今不与旧时同。
高铁提速当空过，龙泉大道南北通；
旧城改造如破竹，高楼林立映彩虹。
南大街，似长龙，东门坝，柳葱葱；
团圆山上活化石，陨石天坑藏恐龙。

说息烽，道息烽，息烽四季如春风；
风景名胜说不尽，旅游资源道不穷。
温泉神汤如天赐，西山古寺梵音浓；
堡子撑起半边天，乌江险峻波浪涌。
祖师观，没量坑，集中营，玄天洞；
红军南渡破天堑，息烽处处旌旗红。

说息烽，道息烽，息烽四季如春风；
春风吹得山水绿，春风吹得花儿红。
春风吹得新公路，春风吹得四海通；
春风吹得乡村美，城市乡村好兴隆。

强工业,兴科教,活旅游,重"三农";
一带一路新战略,息烽未来更繁荣。

乌江姊妹峰(朱登麟　摄)

好久没到家乡来

舒本和

好久没到家乡来，羊肠小道面貌改；
水泥柏油路硬化，到乡入户还进寨；
告别溜滑泥泞路，轿车摩托农家开。

好久没到家乡来，新楼壮丽连成排；
通风透气光线好，白墙红联青瓦盖；
土墙茅屋无踪迹，路灯明亮像大街。

好久没到家乡来，村中路灯放光彩；
日光风力不用电，天黑自然亮起来；
出门不再摸夜路，方便晚间好串寨。

好久没到家乡来，村中广场建舞台；
聊天话旧坐长廊，唱歌跳舞上高台；
告别晚上家中守，乡邻夜聚好开怀。

好久没到家乡来，山泉引来上灶台；

舒本和，男，汉族，68岁，息烽县退休教师。

清洁卫生又方便,煮饭烧水好洗菜;
不用肩挑井边排,洗衣拖地龙头开。

好久没到家乡来,燃气电器厨房来;
煮饭做菜开关拧,无烟无尘时间快;
不用燃煤烧柴草,节约能源保生态。

好久没到家乡来,村中老人乐开怀;
月月都领补助费,生病吃药有人开;
缺医少药成往昔,老有所养好自在。

好久没到家乡来,老家儿童笑颜开;
义务教育实在好,读书生活校安排;
家长不愁交学费,国家关心下一代。

说唱息烽

舒本和

黔中筑北唱息烽,贵遵两市正当中;
西北乌江画廊美,东面南山大屏风。
高铁高速贯南北,区位优势看交通;
南接修文筑城近,目前发展势头雄。

新华社区在县城,文明有序创意新;
虎城大道高楼壮,十里长街灿华灯。
小区网络管理好,广场处处歌舞频;
打造安全宜居地,环境幽雅卫生城。

永靖镇中经典存,红色教育集中营;
玄天古洞英雄憾,龙骨紧傍陨石坑。
山地露营大基地,农乡处处建新村;
风情小镇阳朗靓,辣鸡飘香远闻名。

离城最近是西山,佛教文化久流传;
虫茶贡米品质好,鹿溪底寨米粮川。
车田石器遗迹远,华府小镇换新颜;

农业观光山水美,供港蔬菜时时鲜。

青山本是民族乡,库区绿水碧波荡;
四月初八过苗年,男女双双跳花场。
斗牛场周好热闹,芦笙歌舞夺金奖;
生态养殖好致富,大步流星奔小康。

石硐地势处高寒,特色烤烟金饭碗;
土肥气温宜洋芋,地广林业利发展。
核桃皮薄品质好,蔬菜产业旺秋淡;
美酒人称小茅台,氡泉热水第三眼。

九庄俗称小香港,古往今来聚客商;
红军留迹人称颂,道德传承遍村乡。
龙滩河畔景色美,多缤洞中奇石昂;
花灯文化民间久,红桃贡米泛清香。

山清水秀数鹿窝,奇峰异石树婆娑;
瓮桶瀑奇峡险峻,雨淋生态民风乐。
梯岩战斗军威壮,乌江峡丽景色多;
枇杷原生品鲜果,渔村遐渡赏民歌。

红色经典唱流长,长征南渡战大塘;
古老非遗阳戏久,新兴集镇商贸旺。
北临乌江好游览,库区养鱼多网箱;

旱地发展种经果，前奔金秋梨飘香。

龙脉天马出养龙，堡子妇女巾帼风；
题字发祥半边天，绿色蔬菜栽万亩。
亮丽新村连成片，观光农业正火红；
荆江渔舟唱晚景，茅坡林果香味浓。

地处息烽东北端，亚洲第一氡温泉；
旅游疗养双胜地，优质矿泉明珠灿。
八大美景醉游客，青山秀水像公园；
生态丛林茂天台，二产三产昆相连。

工业重镇小寨坝，磷煤化工规模大；
新兴城镇好热闹，美丽乡村好度假。
南极脱毒马铃薯，早熟蔬菜出瓮沙；
最具魅力特产村，红壤碧珠甜万家。

乡镇社区都唱遍，息烽发展唱不完；
工业园区正兴建，招商引资莫迟延。
江都高速跨东西，龙泉大道又拓宽；
筑北门户争跨越，黔中腹地展新颜。

家乡米酒清又清

杨秋丽

家乡米酒清又清,男女老少把酒斟;
累时拿酒当水吃,闲时拿酒赠客人。
和谐社会日子美,左邻右舍一家亲;
劝你抽空看一看,看看美丽新农村。

喜鹊枝头闹喳喳,砖瓦好房一家家;
水电路讯进村寨,户户都把网线拉。
手机电脑连世界,时尚生活人人夸;
产业发展财源广,全面小康你我他。

杨秋丽,女,苗族,23岁,息烽县九庄镇中心幼儿园教师。

息烽是个好地方

陶信和

息烽是个好地方，山清水秀多宝藏；
十个乡镇特色具，金木水火土五行。
县城虽小名气大，省市排名聚目光；
人杰地灵天气好，日子一天一个样。

息烽是个好地方，乡风淳朴人气旺；
山川秀丽民勤劳，自力更生又相帮。
投资环境客满意，宾至如归纳百商；
民族团结邻里好，男女老幼遵法章。

息烽是个好地方，比学赶帮争先上；
旧城改造打基础，乡村建设比天堂。
制度改革民为本，公仆意识创优良；
经验总结推广好，墙里开花内外香。

息烽是个好地方，城乡发展旅游强；
交通便利通四海，公路高铁加水网。

陶信和，男，汉族，65岁，息烽县退休教师。

生态持续蓝天美,健康文明满城乡;
循环经济卫生好,低碳绿色大贵阳。

村旗飘飘(朱登麟 摄)

我歌我快乐

干群同心建小康
Gan Qun Tong Xin Jian Xiao Kang

吊瓜棚架排对排

金山伦

肥田厚土块连块,吊瓜棚架排对排;
土地流转政策好,扶农惠农暖心怀。

块块土连块块田,吊瓜藤蔓牵满园;
流转土地观念变,农旅结合促丰年。

土一畦接田一畦,吊瓜棚架立成林;
又种地来又进厂,亦工亦农新农民。

鸡舍牛圈钓鱼塘,吊瓜架子排成行;
门槛脚下把钱赚,不需远出瞎奔忙。

大田大坝绿浪翻,吊瓜前景喜心欢;
观光农业新颜展,房前屋后花果山。

油菜花开幸福来

金山伦

油菜开花满山坡，哥爱妹来妹想哥；
妹子识文人才好，哥懂政策脑子活。

油菜开花满地金，哥妹创业有恒心；
微企花开千万朵，山乡遍地气象新。

油菜开花满坝黄，情哥妹子创业忙；
暖暖春阳映构想，小康生活热心肠。

油菜开花满山沟，心想情哥口害羞；
美满姻缘结连理，夫妻恩爱创丰收。

油菜开花满天星，生活美梦亮晶晶；
同步小康齐努力，蜡烛点灯一条心。

油菜开花满山湾，致富路子多又宽；
哥劳妹勤懂科技，日子越过越心欢。

恩爱夫妻建家园

金山伦

抓把芝麻撒过沟,出门打工妹心忧;
微企扶持传喜讯,返乡创业哥带头。

抓把芝麻撒过河,河中鱼儿摆脑壳;
哥是鱼儿妹是水,夫孝妻贤老人乐。

和哥同坐一块砖,头挨头来把书翻;
科技兴农很重要,年终收成翻几番。

和哥同坐一块石,摸哥一把眼眶湿;
艰难困苦哥不怕,勤俭节约把家持。

金鸡飞来站树丫

金山伦

金鸡飞来站树丫,哥除杂草妹栽花;
绿化清淤除污染,家园美丽乐哈哈。

金鸡飞来树上鸣,退耕还林好事情;
保持水土环境好,荒山变成经果林。

金鸡飞来树上歇,经济环保两不缺;
天蓝水绿空气好,造福子孙万代业。

金鸡飞来站树枝,免费读书学知识;
义务教育政策好,普及文化提素质。

金鸡飞来站树杈,白墙青瓦路通达;
电子商务连四海,乡村发展城镇化。

金鸡飞来树上叫,哥和妹子有孝道;
敬老爱幼邻里和,人见人羡都夸耀。

金鸡飞来树上站,妹子勤快哥能干;
加盟公司搞联产,一年赚他几十万。

金鸡飞来叫欢欢,哥有愁来妹分担;
只要两人心一条,铲平穷山垒金山。

黄金满屋(冯曙建 摄)

青年主任来当家

陈久琪

西山开满野茶花,村里青年来当家;
敢闯能干脑筋转,日子过得顶呱呱。

高速路上把身翻

陈久琪

杜家山上水不干,山下工地闹得欢;
高速转盘修得快,致富路上把身翻。

哥哥引回金凤凰

陈久琪

哥哥从前走四方，只为找只金凤凰；
比翼双飞回家转，归雁创业不离乡。

笙歌悠扬（朱登麟　摄）

四季调

陈久琪

春季盛开桃李花,农村女子会当家;
屋后养鸡在林下,房前喂鱼种西瓜。

夏季花开有石榴,哥哥不要跑外头;
当今政策这样好,回家创业无乡愁。

秋季花开数金桂,丰收景象最壮美;
勤劳人家收割忙,满院五谷似山堆。

冬季最喜梅花开,不惧冰雪展风采;
人生敢于排万难,幸福日子乐开怀。

留守媳妇打工哥

陈久琪

漩塘河边水一湾,妹子你要把心宽;
哥哥春天打工去,秋月圆了我就还。

月亮出来挂树梢,哥你就是心气高;
农村变化这样快,农活忙完好无聊。

农活忙完你无事,可打小牌看电视;
哥我按时寄钱来,招呼娃儿写好字。

哥哥辛苦把钱赚,叫我打牌怎心安;
等到修通村边路,哥要快点把家还。

水井不动起青苔,交通发达不分开;
山村种植大可为,栽满果木好发财。

果木多栽才精彩,春天满坡桃花开;
观光农业发展好,财随贵人一起来。

山山水水游兴浓

陈久琪

杜鹃满山红彤彤，日子越过越轻松；
乡村建设鼓干劲，完成规划再庆功。

放眼一望农家乐，市民休闲乐融融；
穷乡僻壤成胜地，山山水水游兴浓。

太阳出来亮堂堂

陈久琪

太阳出来亮堂堂，乡村人家好繁忙；
迎得宾客来高坐，民族歌舞演一场。

阳戏演绎古老事，花灯唱出新时光；
传统文化不能少，中华美德要发扬。

邻居媳妇会当家

陈久琪

风吹树叶沙沙沙,邻居媳妇会当家;
鸡鸭满院猪满圈,科学喂养人人夸。

勤劳致富报春晖

陈久琪

雷声阵阵把春催,百花迎春斗芳菲;
政策来把干劲鼓,国泰民安依靠谁。

靠了谁,不用吹,"一号文件"响春雷;
号令出自总书记,勤劳致富报春晖。

村里来了农艺师

陈久琪

风吹门前小桂枝,村里来了农艺师;
科技农业前景好,要想富裕勤种植。

春来满坡草青青

陈久琪

春来满坡草青青,前进路上马不停;
早日实现中国梦,人间万事出艰辛。

妹家当门一条河

朱登麟

妹家当门一条河,河水清清会唱歌;
河水清清把歌唱,日子越过越乐呵。

妹家当门一条河,又喂鸭子又喂鹅;
家禽满园畜满圈,农家生活好快活。

妹家当门一条河,小河流水景色多;
哥妹河边织锦绣,哥恋妹来妹爱哥。

高山竹子节节高

朱登麟

高山竹子节节高,郎在山顶妹山腰;
郎在山顶栽竹子,妹在山腰绣荷包。

高山竹子节节高,青山绿水好妖娆;
种得青山好致富,保得绿水百病消。

高山竹子节节高,农家生财有妙招;
农旅互动兴经济,幸福山歌满山飘。

大月亮,二月亮

朱登麟

大月亮,二月亮,哥哥起来玩时尚;
嫂嫂起来舂糯米,舂得糯米卖电商。

电商好,电商高,买卖轻轻点鼠标;
足不出户做生意,科技创业鼓腰包。

家园(张劲松 摄)

新祭梁歌

朱登麟

一祭祭梁头，勤劳致富建起小康楼；
二祭祭梁尾，产业发展引来金银水；
三祭祭梁身，齐心协力建设新农村；
四祭祭梁脚，团结和谐过上新生活。

西望山脚唱小康

黄登贵

对面有山叫西望,村寨农民迈小康;
过年鞭炮啪啦响,待客腊肉炒得香。

张家杀猪有两头,李家宰羊数一双;
走亲串戚不沾泥,交通方便好赶场。

鳏寡孤独得照顾,烂土墙变新楼房;
红岩村上葡萄挂,鹿窝新村喜气洋;
新寨沟中人精爽,唱歌跳舞上广场。

兄妹打工奔小康

黄登贵

身在他乡想故乡，兄妹找钱奔小康；
兄妹打工把钱找，过年回家喜洋洋。
在外日日思故乡，回乡车窗把家望；
几年不见家乡变，说了黎安说坪上。
黎安不是空皮囊，科技种养像模样；
葡萄架上葡萄挂，麻窝田里稻花香。
家家户户年猪叫，村民脸上喜气扬；
公路要从坪上过，乡村建设不寻常。
沟渠清淤锄头响，民居美化亮堂堂；
帮村扶贫有路子，蜜蜂酿蜜好匆忙。
从南到北好生疏，好比眼花看走样；
路边高楼拔地起，永靖大道闪金光。
班车一下过路口，一看眼前是坪上；
息烽坪上多又多，两个坪上不一样。
南边坪上建村庄，北边坪上建厂房；
工业园区建得快，龙泉大道施工忙。
排杉堡上广场美，转盘建设好匆忙；
姜家湾内好风光，养龙田坝新气象。

唱小康

黄登贵

锣洋洋，鼓洋洋，诸亲百客坐满堂；
诸亲百客满堂坐，听我唱曲奔小康。

小康就是喜洋洋，有穿有吃不忧伤；
生病还有医保管，农副产品堆满仓。

小康就是有书读，网上学习心不慌；
农家书屋学文化，耕读传家继世长。

小康就是人和睦，一家有难大家帮；
贫穷人家得扶助，新房建好亮堂堂。

小康就是生活好，熏了腊肉熏香肠；
肥肉猪肉人不爱，酸菜吃得精打光。

小康就是坐骑多，城乡轿车加摩托；
赶场方便又快当，老幼坐车好快活。

小康就是信息通,联系方便不费工;
电子商务促发展,手机百度万事通。

苗乡欢歌(朱登麟 摄)

小康谣

黄登贵

满山机器响,同步建小康;
息烽换新貌,城乡大变样。
高铁如银带,公路像蛛网;
东西建新路,南北大道长。
瓮沙菜好卖,乌江鱼跃箱;
柑橘逗人爱,辣鸡十里香。
排杉大妈舞,新貌看黎阳;
小镇喜事多,除夕喜洋洋。
流长花灯闹,九庄小调扬;
养龙玩龙灯,龙爪舞龙强;
青山去斗牛,雨鲊跳花场。

早春二月梨花开

冯曙建

早春二月梨花开,翻土播种把树栽;
人勤春早备耕忙,春华秋实稻谷黄。

万物复苏满园春,树绿草青气象新;
生机勃发朝前走,迈向小康精神抖。

谁说女子不如男

冯曙建

对门坡上王二嫂,孝敬公婆难得找;
男人外出去打工,家里家外不能少。

谁说女子不如男,犁田插秧天黑还;
二嫂撑起一片天,勤俭持家走在先。

液晶彩电太安逸

李正君

一生只为食和衣,哪知山外有稀奇;
如今户户买车子,人人腰上别手机。

一台黑白电视机,当年一见好稀奇;
如今早成过时货,液晶彩电太安逸。

经济繁荣赞息烽

李正君

经济繁荣赞息烽,加快发展趁春风;
携手并肩齐努力,他年云外看飞龙。

家家争抱金娃娃

李正君

养殖种植一起抓,农民致富实堪夸;
国家政策真给力,家家争抱金娃娃。

堡子农业(颜　阳　摄)

杜鹃开得红艳艳

罗孝华

杜鹃开得红艳艳,山绕水来水绕莲;
江心养鱼鱼儿壮,河边望月月儿圆。

树缠藤来藤缠树,春去秋来又一年;
遍地高楼连大厦,榆树枝枝吊榆钱。

海椒茄子随你种,桃子卖了柑橘甜;
手机拿在手心里,轿车停在大堂前。

家人平安我欢喜,相亲相爱藕丝连;
不让娃儿失去爱,学偷学抢讨人嫌。

种植养殖多发展,头脑灵活找财源;
养老如今有社保,合医保驾少花钱。

土地流转凭自愿,公司农户紧相连;
勤劳致富要实现,妻做工来夫种田;
只要我们人勤快,小康生活幸福年。

夫妻同心奔小康

罗孝华

芝麻开花节节高,菜籽成熟棒棒敲;
哥去打工挣大钱,妹在家中敬双老。

芝麻开花喜洋洋,谷子成熟一片黄;
妹在家中种葡萄,果树成林奔小康。

芝麻开花阵阵香,果园绿遍小村庄;
不要担心活路重,农机齐备来帮忙。

芝麻开花亮堂堂,种植养殖妹在行;
林中只见公鸡跑,坡上大羊追小羊。

芝麻开花蝴蝶忙,公路就像蜘蛛网;
猪在圈里睡懒觉,鱼在池中玩波浪。

芝麻开花白茫茫,孩子转眼上学堂;
多抽时间陪孩子,不要赌钱打麻将。

芝麻开花叶叶长，郎爱妹子妹爱郎；
路边野花不要采，QQ微信诉衷肠。

芝麻开花节节高，菜籽成熟棒棒敲；
妹是哥的心头肉，花花世界不动摇。

芝麻开花遍地香，哥妹赶上好时光；
改革开放图发展，夫妻同心奔小康。

遍地黄金（冯曙建　摄）

新村新貌

罗孝华

对面山上一朵云,听我来说新农村;
我家楼上有哪样?院中哪样亮铮铮?

对面山上一朵云,新村新貌表分明;
我家楼上彩灯亮,小车摩托楼下停。

对面山坡百花开,村前村后啥子栽?
左边建的是哪样?右边哪样两边排?

对面山坡百花开,村前村后果树栽;
左边建的养殖场,右边大棚两边排。

对面山顶有座塔,啥子整得亮塌塌?
啥子修在悬崖上?啥子晚上会开花?

对面山顶有座塔,旅游景点亮塌塌;
公路修在悬崖上,晚上路灯全开花。

对面山中有人家,红花旁边是白花;
出门就是大马路,遍地跑着鸡和鸭。

对面山中是我家,桃花旁边是梨花;
东西南北通公路,珍禽养殖赛鸡鸭。

对面山脚有条江,江边野花阵阵香;
江上横的是哪样?哪样崖畔闪金光?

对面山脚是乌江,水清鱼肥果飘香;
江上横的是大桥,红军广场闪金光。

对面山上稻子黄,家家户户收割忙;
媳妇开着三轮车,公公山里放牛羊。

对面山上稻子黄,小儿小女上学堂;
吃住学校老师管,关爱胜过爹和娘。

对面山上稻子黄,婆婆送来炖肉汤;
蚂蚁围着碗和筷,转眼又是谷满仓。

对面山上稻子黄,家家户户致富忙;
村村寨寨新公路,产品纷纷进市场。

对面山上稻子黄,科技兴农好主张;

勤劳还需有智慧,电脑手机连四方。

对面山上稻子黄,全民协力奔小康;
移风易俗讲文明,新村古寨好风光。

农村新貌(杜 宁 摄)

村寨门前有条沟

龙振祥

村寨门前有条沟,一年四季水长流;
退耕还林生态好,山上山下绿油油。

村寨门前一块田,不种谷子不种棉;
产业结构来调整,一年四季多挣钱。

大山里的变迁(陈继康 摄)

龙振祥,男,汉族,52岁,息烽县纪委干部。

西山梯田水汪汪

舒本和

西山梯田水汪汪,阿哥打田云雾上;
织女急忙将手招,竟把阿哥当牛郎。

西山梯田水汪汪,阿妹云中来插秧;
手巧秧嫩田变绿,仙女心喜来帮忙。

西山梯田水汪汪,哥妹田中薅秧忙;
薅秧对歌心欢畅,惹得百鸟也帮腔。

西山梯田水汪汪,金风一起稻谷黄;
丰收在望忙收割,欢喜满心粮满仓。

桃树开花片片红

杨秋丽

桃树开花片片红,农民挖地忙播种;
翻地浇水不怕苦,互帮互助情意浓。

田园(颜阳伴 摄)

幸福不忘党恩情

Xing Fu Bu Wang Dang En Qing

太阳能灯路边排

金山伦

柏油路边高悬灯,白天蓄电晚上明;
白天熄灯夜晚亮,车来人往畅通行。

太阳能灯路边排,村民欢喜笑颜开;
红砖碧瓦新村寨,党的恩情记胸怀。

红色乡村(冯曙建 摄)

豌豆开花藤藤长

金山伦

豌豆开花紫又黄，科技强军豪气昂；
航母海疆斩狂浪，飞机舰艇齐巡航。

豌豆开花藤藤长，血气方刚好儿郎；
阅兵场上利器显，飒爽英姿国威扬。

豌豆开花闹洋洋，国泰民安靠国防；
求同存异谋发展，和平共处国运昌。

豌豆开花闹汪汪，蝶舞蜂飞采花忙；
齐抓共管赢创卫，文明城市美家乡。

豌豆开花满藤爬，创卫工作大家抓；
旮旮角角搞干净，美化环境利大家。

豌豆开花先含苞，社会保险暖心巢；
保障民生政策好，生病养老不心焦。

豌豆开花花飘香，小康建设齐奔忙；
强国富民中国梦，民族复兴国力强。

豌豆开花紫茵茵，民族团结一家亲；
强盛国力作后盾，中华民族代代兴。

豌豆开花白泛红，花花绿绿一蓬蓬；
国富民强立世界，炎黄子孙代代红。

潮水人家（冯曙建 摄）

枧槽沟上跨彩虹

陈久琪

太阳出来映山红,枧槽沟上跨彩虹;
耳边忽听汽笛响,来往穿梭看飞龙。

羊儿上山咩咩叫

陈久琪

羊儿上山咩咩叫,老汉心中暗自笑;
高速公路村边过,羊儿养大不心焦。

车来送到城里卖,包里装满大钞票;
要啥买啥来享受,幸福生活节节高。

十好歌

陈久琪

一唱党的领导好,惠民政策总一号;
二唱城镇建设好,生态文明就是高;
三唱乡村规划好,农家休闲也自豪;
四唱医保低保好,困难人家有依靠;
五唱教育改革好,各种费用都不交;
六唱养老机制好,城乡一体不心焦;
七唱道德彰显好,敬老爱幼争仿效;
八唱息烽风光好,红色旅游高一招;
九唱筑北灵秀好,发展后劲冲云霄;
十唱中国梦更好,全民奋进乐陶陶。

芝麻开花节节高

陈久琪

芝麻开花节节高,鸟报喜讯在树梢;
小康村寨挂五彩,男女老少乐逍遥。

戏台搭在水一方,文艺青年去化妆;
城市居民来村寨,休闲吃住乐一场。

嫦娥想回新农村

陈久琪

天上星星亮铮铮,嫦娥在看新农村;
偷吃灵药早后悔,想回人间费尽神。

我送儿孙去读书

陈久琪

屋檐鸽子叫咕咕,笑我是个大老粗;
斗大不识一个字,要送儿孙去读书。

尊师重教从我起

陈久琪

公鸡打鸣天欲曙,无知无识多唐突;
尊师重教从我起,以身作则为人父。

秤过千斤难免错

陈久琪

秤过千斤小秤砣,哪有世人没有过?
古言知错要能改,夫妻才好同生活。

孝敬父母方式多

陈久琪

源远青山一条河,孝敬父母方式多;
不只衣食有保障,还要抽空陪唠嗑。

为人父母要理解

陈久琪

雄鹰展翅在云霄,这山更比那山高;
儿孙自有儿孙事,知足常乐才逍遥。

乡村四季不一般

陈久琪

乡村四季不一般,休闲旅游闹得欢;
农活忙完搞娱乐,歌舞丝竹大家玩。

辛勤耕耘莫蹉跎

陈久琪

公鸡打鸣喔喔喔,清早赶牛上山坡;
冰雪已过春来早,辛勤耕耘莫蹉跎。

神州欢乐在万家

陈久琪

红叶满坡似彩霞,丰收山歌对山拉;
背篼箩筐催笑颜,神州欢乐在万家。

正月十五过大年

朱登麟

正月十五过大年,龙腾狮舞闹喧天;
风调雨顺年景好,春风浩荡满人间。

正月十五过大年,全家欢聚吃汤圆;
儿孙满堂政策好,农家生活比蜜甜。

正月十五过大年,烟火花灯亮眼前;
传统民俗得光大,民族文化代代传。

风吹林子鸟唱歌

朱登麟

风吹林子鸟唱歌,日子好在歌声多;
往日唱歌没神气,如今开口歌满坡。

风吹林子鸟唱歌,要唱还唱致富歌;
往日挣钱没门路,如今财富流成河。

风吹林子鸟唱歌,要唱还唱创业歌;
往日离乡寻活路,如今在家赚钱多。

风吹林子鸟唱歌,要唱还唱惠民歌;
往日农村样样难,如今保障满筦箩。

风吹林子鸟唱歌,要唱还唱和谐歌;
往日邻里多仇怨,如今广场舞婆娑。

风吹林子鸟唱歌,要唱就唱幸福歌;
党把航向来引领,全面小康好生活。

拍手谣

朱登麟

你拍一,我拍一,转眼又到新学期;
你拍二,我拍二,背起书包上学校。
你拍三,我拍三,学校开了营养餐;
你拍四,我拍四,游戏娱乐学识字。
你拍五,我拍五,全面发展打基础;
你拍六,我拍六,绿色校园景色秀。
你拍七,我拍七,拓展素质抓"两基";
你拍八,我拍八,品学兼优人人夸。
你拍九,我拍九,孝老爱亲敬朋友;
你拍十,我拍十,崇德向善品行直。

月亮光光

朱登麟

月亮光光，酥麻秧秧；
葡萄甜甜，腊肉香香；
新年新景象，致富奔小康。

月亮光光，苞谷秧秧；
苹果甜甜，米酒香香；
农家好日子，幸福万年长。

月亮光光，照到四方；
鸡鸭满圈，瓜甜果香；
圆满中国梦，万世得兴邦。

大雨哗哗下

朱登麟

大雨哗哗下，北京来电话；
发展要绿色，改革要深化。

大雨哗哗下，北京来电话；
产业要升级，民生最为大。

大雨哗哗下，北京来电话；
城乡要统筹，农村城市化。

大雨哗哗下，北京来电话；
建设新农村，哪个力气大？

走了一坡又一坡

黄登贵

走了一坡又一坡,抬头看见朱家河;
河水清清绕田坝,庄稼老二忙农活。

走了一坡又一坡,抬头望着九庄街;
九庄街上真热闹,孩童嬉戏好快乐。

走了一弯又一弯,抬头就见祖师观;
祖师观上红光闪,革命精神万代传。

走了一岗又一岗,山乡鹿窝迈小康;
公路硬化连家户,苞谷稻谷堆满仓。

党的政策就是好

冯曙建

二叔门前两亩田,不栽苞谷不犁田;
改田砌石建鱼塘,比种庄稼奔头甜。

党的政策就是好,农民实惠样样搞;
鱼满塘来人欢笑,勤劳致富多自豪。

阖家团圆过新年

冯曙建

大年三十好热闹,家家户户放鞭炮;
大红灯笼高高挂,龙腾狮舞人欢笑。

儿行千里归心箭,阖家团圆过新年;
酒满高举敬父母,孝老爱幼谱新篇。

正月十五闹元宵

冯曙建

正月十五闹元宵,锣鼓喧天人欢笑;
鞭炮声声辞旧岁,张灯结彩贺新春。

堂前红烛高高照,唐二幺妹凑热闹;
阖家团圆过大年,春色满园笑开颜。

迎春(朱登麟 摄)

清早约妹去赶场

冯曙建

清早约妹去赶场,山路弯弯水流长;
赶路十里出山坳,一晃来到县城旁。

山外世界好精彩,车水马龙人如海;
幢幢高楼连成片,条条马路霓虹闪。

牵起幺妹满街逛,天热不怕太阳晃;
十字街头看风景,一步一景眼发亮。

买件衣裳扯段布,拿给裁缝赶快做;
幺妹穿起新衣裳,回家路上迈大步。

我家本住山沟沟

李正君

我家本住山沟沟，祖祖辈辈吃苦头；
共产党来坐天下，从此生活有奔头。

我家本住山沟沟，吃也忧来衣也忧；
感谢党的政策好，如今换掉穷骨头。

我家本住山沟沟，下雨两脚泥巴头；
不是国家政策好，哪得好路到门头？

我家本住山沟沟，平生只识马和牛；
现在钱包渐渐鼓，偶尔出门去旅游。

爱民最数共产党

李正君

自古"皇粮"要上交,官家几曾把民饶!
爱民最数共产党,免除税赋第一遭。

家家房屋崭崭新

李正君

社会主义新农村,家家房屋崭崭新;
一座一座小别墅,古来哪有此农村!

美丽乡村美丽家

李正君

美丽乡村美丽家,太平盛世乐无涯;
家家齐奔富裕路,处处栽种幸福花。

心中时时有人民

李正君

草木从来有灵根,每到春来便欣欣;
感谢阳光送温暖,感谢老天降甘霖。

人号万物之灵长,不懂感恩枉为人;
爱我中国共产党,心中时时有人民。

看我息烽改旧容

李正君

城市建设火热中,看我息烽改旧容;
不是中国共产党,山城哪得度春风!

和谐社会万年春

李正君

比较前朝看如今,国富民强气象新;
鱼水一家亲无比,和谐社会万年春。

川黔铁路门前过

李正君

川黔铁路门前过,川黔公路绕城边;
直待高铁建成后,千里来回一瞬间。

雪浴温泉(佚 名 摄)

政府架起连心桥

罗孝华

这山看到那山高,那山妹子好妖娆;
玲珑首饰叮当响,浓妆淡抹胜夭桃。
大山好比铁笼子,小河就像带子飘;
妹子为何不出门,外面毕竟更逍遥。

这山看到那山高,那山哥哥莫乱聊;
妹子本是良家女,生在山中种葡萄。
葡萄种了上千亩,鱼儿养了上万条;
牛羊成对鸡成群,卖了李子又卖桃。

这山看到那山高,那山妹子好妖娆;
哥哥本是打工仔,一年四季外面漂。
也想回家搞种植,就怕土瘦不长苗;
也想回家搞养殖,就怕病虫闪我腰。

这山看到那山高,那山哥哥你记牢;
如今政策就是好,科学技术专人教。
资金扶持也到位,"三农"政策不动摇;
土地入股分红利,政府架起连心桥。

太阳出来暖洋洋

龙振祥

太阳出来暖洋洋,家家户户建新房;
吃的穿的都不愁,这样日子才小康。

太阳出来暖洋洋,买了轿车建新房;
都是党的政策好,我们生活像蜜糖。

村居春早(朱登麟　摄)

城乡统筹齐步走

龙振祥

春来千山绿茵茵,唱支山歌表心情;
党的政策实在好,改革开放破坚冰。

"三提五统"全不缴,六有计划保民生;
"两免一补"营养餐,学有所教学本领。

劳动法规渐完善,劳有所得讲公平;
合作医疗有保障,病有所医不返贫。

养老保险无后顾,老有所养不担心;
廉租房屋政府修,住有所居有保证。

平安建设有成效,居有所安好环境;
城乡统筹齐发展,以工促农得共赢。

公路修到大门口,大车小车喇叭鸣;
城里商品送下乡,乡下农产运进城。

幸福不忘党恩情

城乡差距在缩短,群众生活向均衡;
共同富裕圆好梦,小康路上大步行。

团圆山风云(袁晓飞 摄)

歌唱和谐新农村

杨秋丽

年年有个正月正，正月兰花香进城；
东山旭日阳光好，春江水暖迎客亲；
桃花盛开千百样，好酒几碗暖人心；
早起深入林中坐，花丛小露湿布衣；
汗水不顾谁人意，一把汗水一把情；
小村小寨风光美，有情有义好乡音；
一不畏风雪拦路虎，邻里好汉互帮衬；
二不怕落难无人济，好人心系苦命人；
三不忧大灾国不管，政府官员念乡民；
四不惧求学设门槛，义务教育样样行；
国家政策搞得好啊，衣食住行不担心。

家家户户盖新房

杨秋丽

太阳出来闪金光,家家户户盖新房;
你推砖来我砌墙,日子甜美家兴旺。

太阳出来闪金光,隔壁儿郎好在行;
日作夜归不怕累,好酒好菜敬爹娘。

美丽乡村(杜 宁 摄)

云环是我新校园

陶信和

铁道旁，公路边，排排小楼立田间；
琅琅书声如林鸟，云环是我新校园。

老银杏，枝叶新，春来黄鹂深树鸣；
我是幼苗植沃土，雨露滋润盼成林。

陈列室，换新装，烈士英名传四方；
战士驻足观遗物，紧握手中杀敌枪。

真英雄，邵云环，新闻勇士斗敌顽；
学习烈士好榜样，一代巾帼多木兰。

春天到,阳雀叫

龙玉兰

春天到,阳雀叫,漫山遍野百花笑;
树发芽,水涨潮,田间响起栽秧调。

春天到,阳雀叫,背起书包上学校;
做实验,玩跑跳,文化科技都学到。

春天到,阳雀叫,公园广场好热闹;
跳街舞,看书报,年纪越老人越俏。

春天到,阳雀叫,路上来了新公交;
前面上,后面下,文明乘车有礼貌。

龙玉兰,女,黎族,43岁,息烽县教育局工作人员。

我歌我快乐之息烽

丰收在望（朱登麟 摄）

红岩村上唱山歌

Hong Yan Cun Shang Chang Shan Ge

路过息烽遇见你

1=F 4/4

♩=70 大气 感动

朱 海 词
卞留念 曲

3 2 | 3 3 3 3 6 7 1 | 5 3 3 - 0 3 |

曾经多少 我来过这里， 十
红鬓斑白 我回到这里， 美

2 #1 2 2 3 4 3 2 ♮1 6 | 1 7 7 - 3 5 |

万 里大山藏着青春 的 秘密。 追
丽 的乡村回归我生命的 意 义。 投

4 4 3 2 2 1 6 | 3 3 2 1 7 1 | 2 2 2 - 1 6 |

梦 一段红色的 传 说，我把人生 交给
身 一个绿色的 天 堂，我与自然 共呼

1=D

3 - - - | 3 - - - | 3 3 1 5 0 3 | 5 5 4 4 4 |

你。 那 一年 山路 花开 芳
吸。 无 边的 森林 覆盖 走

4 - ♭6 6 5 | 5 - - 0 5 | ♭7 7 6 6 6 5 |

草 萋 萋， 红色 土地 她
过 漫 漫路， 温暖 山泉 为

红岩村上唱山歌

1=F

5 4 3 4 2 2 | 0 ♭3 2 3 | 4 - - 5 ♭6 |
把 我搂进 搂 进 怀
我 洗尽风尘 洗 尽 风

♭7 - - - | ♭7 - - 5 ‖: 5 5 5 4 3 2 1 |
里。 我 一 生 走遍祖国
雨。 我 一 生 走遍祖国

2 5 5 - 0 5 | 6 4 4 3 2 3 4 5 | 2 - - 3 #2 |
大地， 有一种向望无法抗 拒。 那 是
大地， 有一种向望无法抗 拒。 那 是

3 3 3 4 3 #5 5 6 | 7 7 6 6 6 5 | #4 4 4 - 5 6 |
青春的起点,生命的 目 的地,路过息烽 遇见
青春的起点,生命的 目 的地,路过息烽 遇见

5 - - 5 :‖ 2 2 2 - 2 7 | 3 - - - | 3 - - - ‖
你。 我 息烽 遇见你。
你。 我
D.C.

结束句

2 2 2 - 2 3 | 4 - - - | 4 0 5 5
息 烽 息 烽 遇 见

5 - - - | 5 - - - | 5 - - - | 5 - - - ‖
你。

壮歌起息烽

（男中音与混声合唱）

朱登麟 词
邓承群 曲

1=C 4/4

| 0 5 i 2 |: 3. 2 i 2 3.5 | 5 - 5 5 i 2 |

|: 3 - - - | 3 3 2 3 5 - |

|: i - - - | i 5 7 i 3 - |

（合）呵！

| 3. 2 i 2 3.6 | 6 - - 6 | 2 - 2 2 6 i |

| i - - - | i 4 3 4 6 - | 6 6 4 - |

| 6 - - - | 6 6 7 i 4 - | 4 4 6 - |

| 7 - - 5 | i - -) 3.5 | 5. 1 i 7¹7 |

（独）万 古 烽 烟
    百 川 惊 奇

| 2 - - 4 | 3 - - 0 |

| 7 - - 5 | i - - 0 |

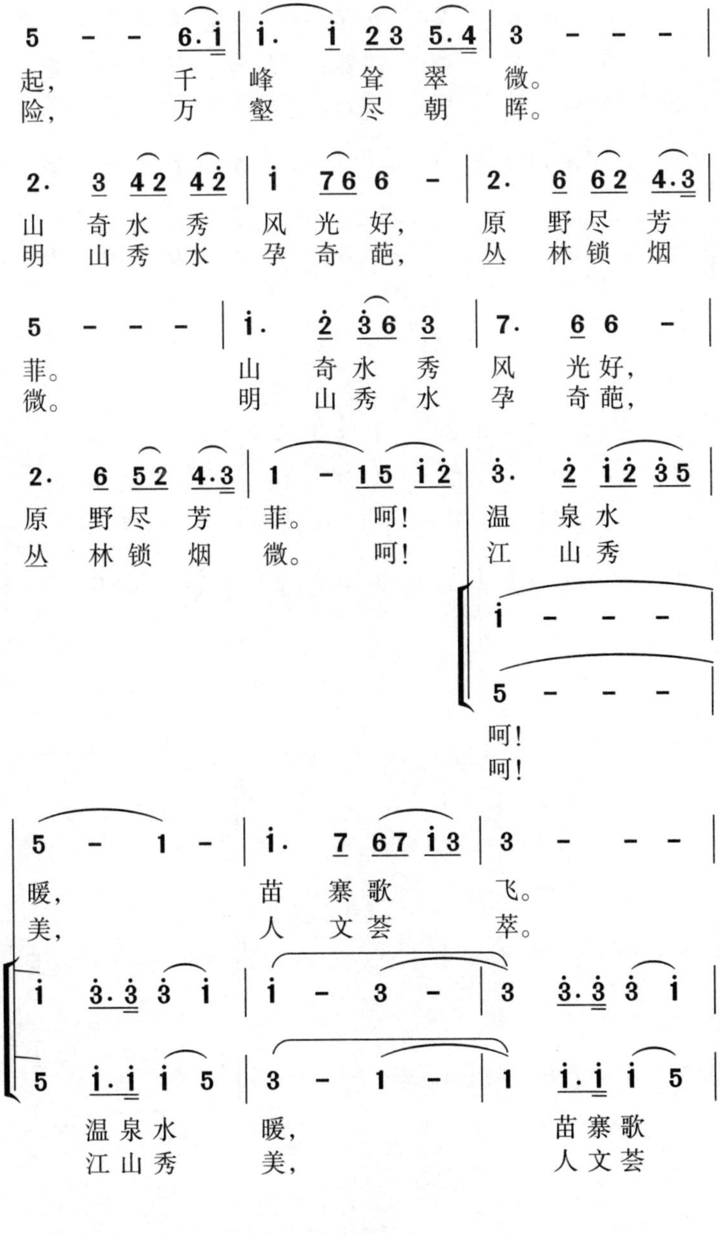
起， 千 峰 耸 翠 微。
险， 万 壑 尽 朝 晖。
山 奇 水 秀 风 光 好， 原 野 尽 芳
明 山 秀 水 孕 奇 葩， 丛 林 锁 烟
菲。 山 奇 水 秀 风 光 好，
微。 明 山 秀 水 孕 奇 葩，
原 野 尽 芳 菲。 呵！ 温 泉 水
丛 林 锁 烟 微。 呵！ 江 山 秀
呵！
呵！
暖， 苗 寨 歌 飞。
美， 人 文 荟 萃。
温 泉 水 暖， 苗 寨 歌
江 山 秀 美， 人 文 荟

我歌我快乐 之 息烽

```
4. 1 46 6i | 2. 6 7 - | 5 5 5 6 7 5 3.2 |
西  望 山麓 蜂蝶舞，  乌江峡畔 渔歌
息  烽 英烈 名千古，  龙马精神 放光

i - 6 - | 2 - 7 - | 0 0 0 0 |
6 - 4 - | 6 - 5 - | 0 0 0 0 |
飞。    呵！
萃。    呵！

2 - 25 12 | 3. 3 43 2i | 2. 6 6 - |
醉。 呵！ 锦绣江山  美如画，
辉。 呵！ 壮歌一曲  冲霄汉，

0 0 05 12 | 3. 3 43 2i | 2. 6 6 - |
         呵！
0 0 0  0  | i. i 15 53 | 6. 4 4 - |

         |1.               |2.
7 6 52 i | i - - - :|| i - - 0 |
山川多妩  媚。          
山河更壮          （05 i2） 美。

2 2 24 3 | 3 - - - :|| 3 - - 5.5 |
                            i - - 7.7
5 6 75 5 | i - - - :||{ i - - 7.7 |
                            山 河
```

104

红岩村上唱山歌

$$\begin{Bmatrix} \dot{5} - \dot{5} - | \dot{5} - - - | \dot{5} - 0\ 0 \| \\ 7 - \dot{2} - | \dot{3} - - - | \dot{3} - 0\ 0 \| \\ 7 - 5 - | \dot{1} - - - | \dot{1} - 0\ 0 \| \end{Bmatrix}$$

更　壮　美。

请到贵州来

1=F 2/4

朱登麟 词
支贵军 曲

稍慢、深情地

(5̲6 - | 6 2̇3̇ | 1̇7̲6̲ 5 | 3.̲6̲ 6̲3̲2̲ | 2 - 2 - |

3̲6̲6̲3̲ | 2̲2̲3̲2̲ 1̲6̣̲ | 6̲2̲2̲1̲6̣ | 6̣ -) | 3̲7̲ 6 | 3 2̲2̲ |
　　　　　　　　　　　　　　　　　　　　　　 请 到 贵州来，
　　　　　　　　　　　　　　　　　　　　　　 请 到 贵州来，
　　　　　　　　　　　　　　　　　　　　　　 请 到 贵州来，

3̲ 6̲ 3̲4̲3̲2̲ | 2 - | 3̲ 6̲6̲3̲ | 2̲3̲2̲1̲6̣̲ | 6̣̲2̲ 2̲1̲6̣̲ |
请到 贵州　来，　　贵州 山水 美如画， 红枫 映晚
请到 贵州　来，　　贵州 民风 淳似酒， 山川 披锦
请到 贵州　来，　　贵州 热土 蕴希望， 满眼 尽春

6̣ - | 2̲6̣̲ 2̲1̲2̲ | 3. 0 | 6̲.6̣̲ 2̲1̲2̲ | 3. 0 |
霞。　　杜鹃 飘　香，　　竹海 苍　茫，
绣。　　山歌 如　海，　　彩裙 飘　扬，
光。　　乌蒙 放　歌，　　花溪 荡　漾，

3̲ 6̲ 7 | 6̲7̲6̲ 5̲3̲ | 6̲3̲6̲ 3̲4̲3̲2̲ | 2. 0 | 1̲2̲ 3̲7̲ |
一帘 瀑 布　挂 山　间，　　草海 泛天
侗寨 苗 寨　齐 欢　唱，　　笙歌 舞霓
西部 开 发　大 旗　扬，　　号角 震天

红岩村上唱山歌

$\dot{6}$ - | 3.$\underline{5}$ 6 | 6 - | $\underline{\dot{2}\dot{3}\dot{2}}\dot{2}$ | $\dot{2}$ - | 6 $\underline{2.3}$ |

光。哟啰喂！　　哟啰喂！　　天　星
裳。哟啰喂！　　哟啰喂！　　吊　脚
响。哟啰喂！　　哟啰喂！　　山　前

$\dot{1}$ $\underline{76}$ 5 | $\underline{3\ 6}$ $\underline{6\ \underline{32}}$ | $\dot{2}$ - | $\underline{6\ 3}$ 6 | $\underline{5\ \underline{43}}$ 2 |

桥　畔　桫　椤　美　嘚，　大　　潮
楼　上　好　花　红　嘚，　竹　　排
山　后　蜂　蝶　舞　嘚，　齐　　心

$\underline{\dot{2}\ \underline{03}}\ \underline{\dot{2}\dot{3}\dot{1}}6$ | 6 - | 6 - ‖ $\underline{\dot{2}\underline{1\dot{2}}}\dot{2}$ | $\dot{2}$ - | $\underline{5\ 6}\ 6$ ‖

涌　乌　江。
荡　清　江。
奔　小　康。　　　哎！　　　哟啰喂！

请到青山苗乡来

（男女二重唱）

朱登麟 词
蒋仁春 曲

1=G 4/4
♩=86

‖: (3555 5 35 3 1　　5̲ | 3555 5 35 3 2　2 |

6̣ i i i i 6i 41　1 | 6̣ i i i i 6i 45 5̲ | 55 535 32 2 0 |

2̣5̲ 0 23 1　0 | 0 XX 0X0 X | 0 XX 0X0 X) |

5̣1　535 32 2 | 5̣3　3 23 16̲5̲ | 5̲6　15　6 35　3 |
环衣 穿起 来，　银饰 戴起 来，　又到 苗家 四月 八。
木鼓 敲起 来，　酒歌 唱起 来，　青山 湖畔 跳花 场。
长裙 舞起 来，　花带 飘起 来，　腊肉 飘香 米酒 甜。

2̣5̲　153 2. 3 | 2̣5̲　323 1　- | 1 6̲　6 5̲6̲ 4 1̲ |
吊脚 楼　外　野花 开，　唢呐 声　声
踏歌 起 舞　排 对 排，　斗牛 场　上
祝福 欢 歌　唱 起 来，　手捧 糍 粑

1 4̲　4 i̲　6 6. | 55　535 32 2 0 |
芦　笙 舞哟，　请到 青山 苗乡 来。
人　如 海哟，　请到 青山 苗乡 来。
赏　苗 绣哟，　请到 青山 苗乡 来。

5̣5̲ 0 23 1　- :‖ 5　-　6　- | i　-　-　- ‖
啊 咿 耶！　　 啊　　咿　　耶！
啊 咿 耶！
啊 咿 耶！

党领苗家奔小康

朱登麟 词
蒋仁春 曲

1=C 4/4
♩=96

$\|: 2\ 2\ 5\ 6\ |\ \dot{2}\ -\ -\ \dot{3}\ |\ \dot{2}\cdot\ \dot{3}\ \dot{3}\ \dot{2}\ 5\ |\ \dot{1}\ 6\ -\ -\ |$

白云如带　　绕山　冈哎，
丰收锣鼓　　震天　响哎，

$2\ 2\ 5\ 6\ |\ \dot{1}\ -\ -\ \dot{2}\ |\ 6\ \dot{2}\ \dot{1}\ 6\ |\ 5\ -\ -\ -\ |$

党的阳　光　　照苗　乡，
晚霞映　照　　篝火　旺，

$5\ 6\ 6\ \underline{56}\ |\ 2\ -\ -\ 3\ |\ 5\cdot\ \underline{6}\ \dot{2}\ 6\ |\ \dot{1}\ \dot{1}\ -\ 6\ |$

建设农　村　　促发　展咯，
幸福笑　容　　脸上　挂咯，

$\dot{2}\ 5\ 6\ \dot{1}\ |\ 6\ \dot{2}\ 5\ \underline{6\dot{1}}\ |\ 6\ 0\ \underline{6\dot{1}}\ \underline{6\ 5}\ |\ 5\ -\ -\ -\ |$

六有民生是保　障是保障。
牛角米酒分外　香分外香。

$5\ -\ -\ -\ |\ \underline{5\ 5}\ \underline{6\ \underline{56}}\ 2\cdot\ 3\ |\ 5\cdot\ \underline{6}\ \underline{\dot{1}\ \dot{2}\dot{3}}\ \underline{\dot{2}\cdot\ 5}\ 6\ 0\ |$

　　　　　　　发掘传统　兴旅　游咯，
　　　　　　　老人孩子　舞蹁　跹咯，

我歌我快乐 之 息烽

```
5. 6  1 2 3  2 2 | 1 6  5. 6  1 2 3  2 - | 3  2 5  3  2 3 |
```
致富道路 宽又 广　宽又 广，　吊脚楼上
姑娘小伙 歌悠 扬　歌悠 扬，　团结一心

```
2  2 5  1 2 1  6 0 | 2 5  6 2  1. 6 | 6 2  5 6 1  6 0  1 6 5 |
```
织锦绣 咯，党领苗 家　　奔小 康奔小
多和谐 咯，党领苗 家　　奔小 康奔小

```
5 - - - : || 5  6  1 5 3 | 2 - - 3 |
```
康。　　　　　党领苗　家
康。

```
2 5  1 2 1 | 6 0  1  3 | 2 - - - | 2 - - - ||
```
奔小　康 奔小康。

一条小河弯又弯

1=♭B 4/4

方富俊 词
王 立 曲

民歌味

2 5 1̇ 2̇ 3̇ | 2̇ 3̇ | 2̇ - - - | 2̇ 5 2̇ 1̇ 2̇ | 1̇ 6 |

一条 小河 弯 又 弯， 绕过 一山 又 一
一条 小河 弯 又 弯， 两岸 几多 美 田
一条 小河 弯 又 弯， 鸟飞 鱼跃 在 眼

6 - - - | 1̇ 5 6 1̇ 2̇ | 3̇ 2̇ | 2̇ - - - |

山。 山上 果树 绿 透 天，
园。 新村 农舍 风 光 好，
前。 船儿 载满 新 鲜 果，

6 6 6 2̇ 1̇ | 6̇ 5 | 5 - - - | 5̇· 2̇ 5 5 |

白云 悠悠 到 天 边。 妹 在 河 边
仿佛 仙境 降 人 间。 妹 在 船 中
好像 星星 掉 进 船。 勤 劳 人 儿

6 5 6 5· 0 | 5· 2̇ 5 5 | 1̇ 6̇ 1̇ 2̇ 0 |

把 歌 唱， 哥 在 河 中 摆 渡 船。
把 歌 唱， 哥 在 河 中 摆 渡 船。
波 上 走， 幸 福 生 活 比 蜜 甜。

我歌我快乐 之 息烽

```
6 2 ż ż  ż ż ı 6 | 2 5 6 i ż  i 6 | 5 - - - :‖
```
河水 清清 流得 远，   阿哥 阿妹 心 相   连。
河水 清清 流得 远，   阿哥 阿妹 心 相   连。
河水 清清 流得 远，   阿哥 阿妹 心 相   连。

```
ż 4 6 5̲6̲5̲ | 5 - - 5̲0̲ | i 6̲i̲ 2̲3̲2̲·
```
河 水 清 清   流 得 远，

```
ż - ż 0 0 | i̲ 6̲ 2̲ 5̲ 6̲ 2̲ i̲ 6̲ | 5̲ 6̲ 5̲ 5 - -‖
```
          阿哥 阿妹 心 相   连。

我们住在一栋楼

1=D 2/4

♩=92

方富俊 词
方　翔 曲

(1 16 16 | 15 33 | 665 665 | 6i 66 ‖: 222 1 2 0 |

111 6 1 0 | 5656 132 | 1656 1232 | 1) 1 1 1 6 |
　　　　　　　　　　　　　　　　　　　 来来来来

1 555 | 0 11 1 6 | 1 51 | 33 0 1 | 222 1 6 |
来 来来来！　来来 来来　来 来来 　来！ 来 来来来来

1 - | 0 11 | 33 21 | 35 0 11 | 5 1 65 |
来！　我们 住在 一栋 楼，　住在 一栋 楼，

5 - | 33 5 5 6 | 6 1 23 | 2. 1 | 1 5 5 |
　　 朝夕 相 见 楼梯 口。 打 个 招呼

0 5 3 7 | 7 0 66 | 65 65 | 6 1 65 | 3 2 6 |
送 微笑， 犹如 春 风 暖 心 头 暖 心

5 5. | 5. (6 1 | 23 23 23 21 | 6536 55) | 1 16 1 6 |
头。　　　　　　　　　　　　　　　　　　 串串 门来

1 5 33 | 22 22 | 21 22 | 1 16 1 6 | 1 5 33 |
走一 走， 拉拉 家常 喝茶酒。 相互 交流 多尊 重，

我歌我快乐 之 息烽

2 2 2 2 | 5 5̂6 5 | 6 6̂5 6 6̂5 | 6 1̂ 6 6 | 5 5 5 5 |
大家 成为 好朋 友。公共 卫生 都讲 究，文明 休闲

5 3̂ 7 7 | 2 2̂1 2 2̂1 | 2 6̂ 5 5 | 1̇ 1̇ 1̇ 6 | 5 3 2 1 |
乐 悠悠。若见 邻居 有困 难，热忱帮助 解忧愁。

0 1̇ 1̇ 1̇6 | 1̇ 5 5 5 | 0 1̇ 1̇ 1̇6 | 1̇ 5̂1̇ | 3 3 0 1 |
来来 来来 来 来来来！来来 来来 来 来来 来 来

2 2 2̂1 6 | 1 - | 1 0 1 1 | 3 3̂ 2 1 | 3 5 0 1̇ 1̇ |
来来来 来来 来！ 有缘 住在 一栋 楼， 住在

5 1̇ 6̂5 5 | - | 3 3 5̂ 5 6̂ | 6 1̇ 2 3 |
一栋 楼， 共赏 明 月 度 春

2. 1 | 1 5 5 | 0 5 3̂ 7 | 7 0 6̂ 6 | 6 5̂ 6 5 |
秋。 岁岁年年 增喜庆， 幸福 安康

1.
6 1̇ | 6̂5 | 3 5̂ 2̇ | 1̇ 1̇. | 1̇ - | (1̇ 1̇6 1̇ 1̇6 |
永 长 久，永长 久。

2.
1̇ 5 3̂ 3̂ ‖ 3 5̂ 2̇ | 1̇ 1̇. | 1̇ - | 1̇ 0 ‖
久， 永长 久。

勤俭节约把家当

方富俊 词
千昌吉 曲

1=G 2/4
♩=115

(3 55 56 | 5 - | 6 66 6i | 6 - | 2.2 23 |

5̲0 2̲0 5 - | 5 0) 3 5 | 5 6 5 |
　　　　　　　　　节 约　　一 滴 水
　　　　　　　　　节 约　　一 张 纸

2̇ 2̇ 1̇ 6 | 5 - | 6 1̇ 1̇ 2̇ | 1̇ 6 5 | 3̇ 5 5 1̇ |
多出 几条 江，　　节约 一度 电　　多炼 几吨
森林 更宽 广，　　节约 一升 油　　能源 有保

2̇ - | 3 5 | 5 6 6 | 5 5 3 1̇ | 6 - |
钢，　　节 约　　一粒 米　　多有 几仓 粮，
障，　　节 约　　一寸 地　　子孙 心不 慌，

5 6 1̇ 3̇ | 2̇ 3̇ 5̇ | 2̇ 2̇ 2̇ 6 | 1̇ - | 1̇ 0 |
节约 一分 钱　　多建 几栋 房。
节约 一分 钟　　生命 得延 长。

6. 6 | 6 6 | 5 1̇ 2̇ | 3 - | 2. 2 |
吃 山 喝 海 闹 饥 荒，　　精 打
铺 张 浪 费 空 荡 荡，　　细 水

我歌我快乐 之 息烽

```
 3  3 | 2  1̂6̂  2 - | 6 6 5 6 | 1̇ 2̇ 3̇ |
```
细算　有　余　粮。　　勤俭节约　好传统，
长流　聚　宝　藏。　　勤俭节约　好风尚，

```
 2̇ 2̇ 2̇1̇ | 2̇ 3̇ 5̇ | 6̇· 6̇ 5̇ 3̇ | 6̇ - |
```
勤俭节约　把家当，　勤　俭　节　约　人
勤俭节约　把家当，　勤　俭　持　家　家

```
 5 3 | 6 6 5 3 | 5 0 2 0 | 1̇ - | 1̇ - :||
```
有　德，勤俭节约　事　业　　强。
兴　旺，勤俭建国　国　富　　强。

结束句
```
 6 6 5 3 | 5̇ 0 0 | 6̇ 0 0 | 5̇ - 5̇ - 5̇ 0 ||
```
勤俭建国　国　　富　　　强。

息烽美景看不够

（合唱）

李景华 词曲

1=A 2/4

优美、欢快地 慢速

(2 5 652 | 5̇6̇5. 3 | 2321 2 0 | 2 5 4.3

2321 5̣ 1̣ | 5 23 2176 | 5̣ 0 6̣ 2 56 | 5̣ 0) 5 5 3 2

（领唱）都说那个

（女齐）5
啊

5. 5 5 2 | 353 3 ∨ | 5. 6 6.3 | 565 5
息烽美 景 哟，   看呀看不 够哟。

2 3 3 | 3321 3 | 3.1 | 232 2
咿！   息烽美 景 看 不 够哟。

领唱 2 5 5 5 2 | 353 3 ∨ | 2.1 5221 | 30 1 1 6̣
      远方的朋友 朋 友   快来快来快来 快来快来

女齐 2 5 5 5 2̣ | 121 1 ∨ | 7̣ 2 | 10 6̣ 3 6̣
      远方的朋友 朋 友   快 来   快 来快来

男齐 2 - | 121 165̣ ∨ | 5̣ 7̣ | 60 3̣ 1 6̣
      啊！ 朋友朋友 快 来   快 来快来

117

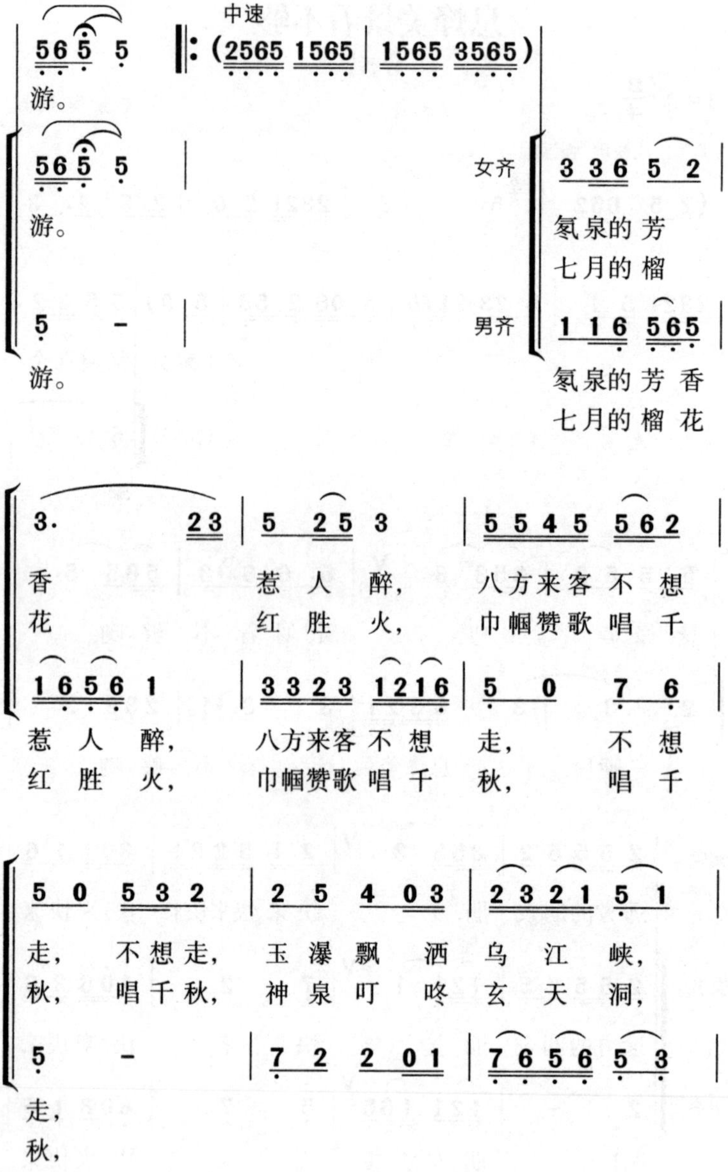
中速
游。
游。
游。
女齐
氡泉的芳
七月的榴
男齐
氡泉的芳香
七月的榴花
香 惹人醉，八方来客不想
花 红胜火，巾帼赞歌唱千
惹人醉，八方来客不想走，不想
红胜火，巾帼赞歌唱千秋，唱千
走，不想走，玉瀑飘洒乌江峡，
秋，唱千秋，神泉叮咚玄天洞，
走，
秋，

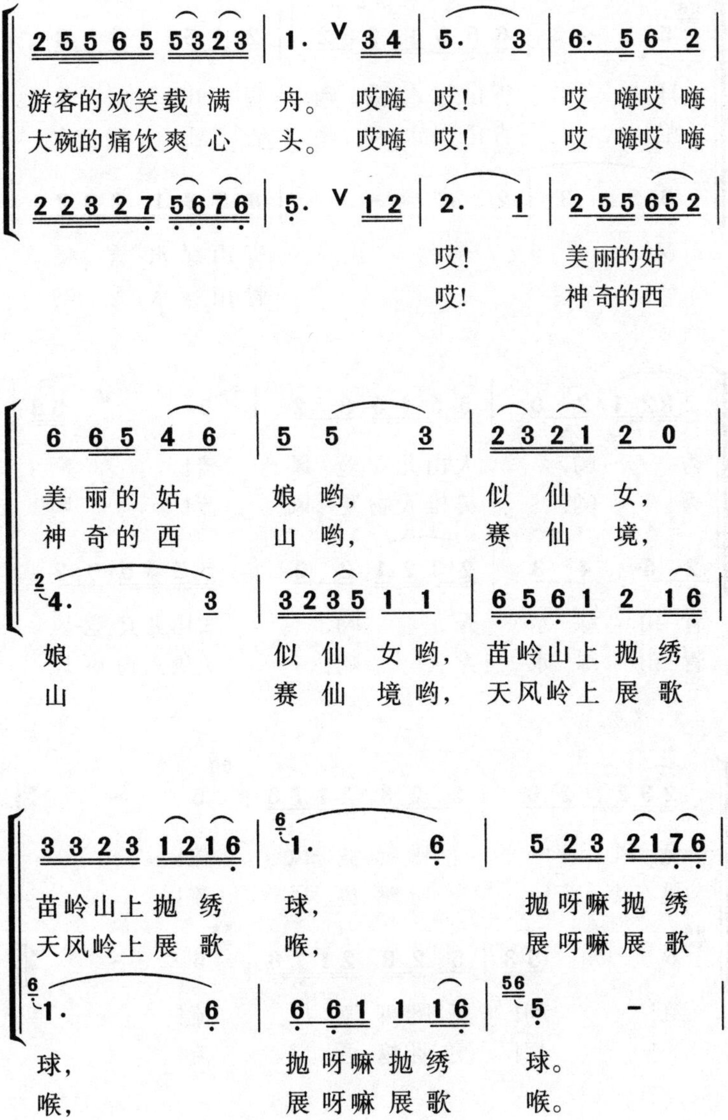
游客的欢笑载满舟。哎嗨哎！哎嗨哎嗨
大碗的痛饮爽心头。哎嗨哎！哎嗨哎嗨
哎！美丽的姑
哎！神奇的西
美丽的姑娘哟，似仙女，
神奇的西山哟，赛仙境，
娘 似仙女哟，苗岭山上抛绣
山 赛仙境哟，天风岭上展歌
苗岭山上抛绣球，抛呀嘛抛绣
天风岭上展歌喉，展呀嘛展歌
球，抛呀嘛抛绣球。
喉，展呀嘛展歌喉。

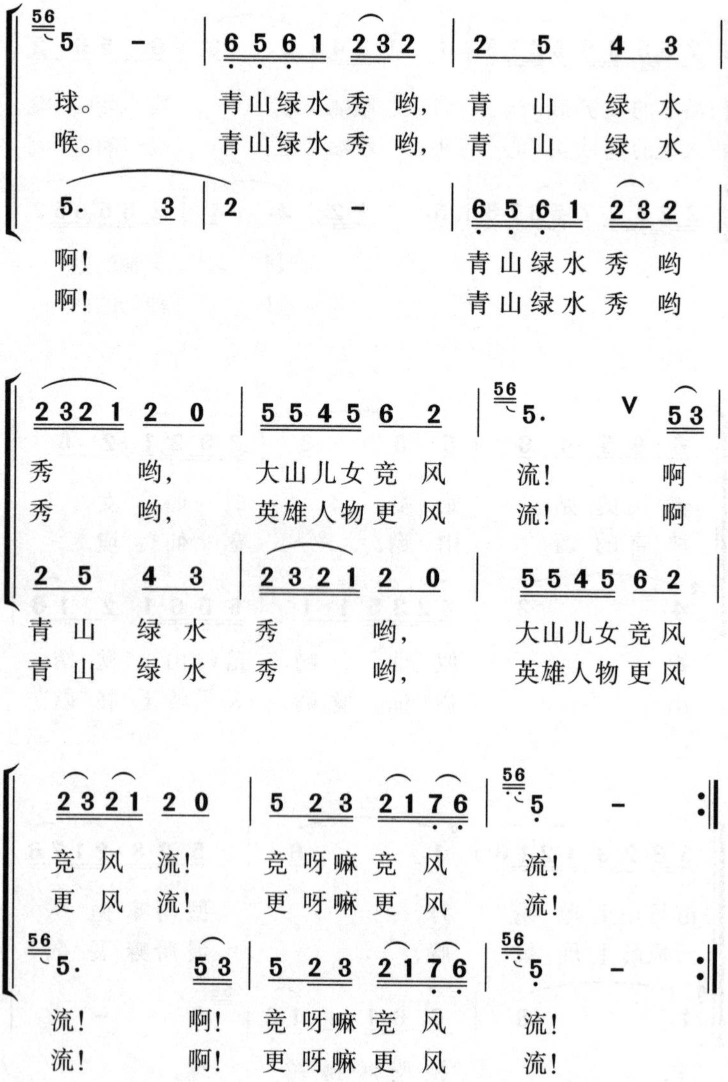
球。 青山绿水秀哟，青山绿水
喉。 青山绿水秀哟，青山绿水
啊！ 青山绿水秀哟
啊！ 青山绿水秀哟
秀哟，大山儿女竞风流！啊
秀哟，英雄人物更风流！啊
青山绿水秀哟，大山儿女竞风
青山绿水秀哟，英雄人物更风
竞风流！竞呀嘛竞风流！
更风流！更呀嘛更风流！
流！啊！竞呀嘛竞风流！
流！啊！更呀嘛更风流！

红岩村上唱山歌

结束句

领唱 | 5. 3 6. 5 | 5. 5 6 5 | 3 3. |
啊！　　　　　青　山绿水 秀哟，

女齐 | 5. 1 2. 3 | 6 5 6 1 3 2 3 | 1. 1 1 6 |
啊！　　　　　青山绿水 秀哟，青山绿水

男齐 | 5. 6 4. 5 | 3 2 3 5 1 6 5 | 6. 5 6 3 |
啊！　　　　　青山绿水 秀 哟，

| 2. 3 2 5 6 | 1 1 6 | 6 5 6 1 2 2 3 | 2. 3 |
青 山绿水 秀哟，　　英雄人物 更风 流！

| 7 6 5. | 6 5 3 5 3 0 | 6 5 6 1 2 2 3 | 2. 3 |
秀哟，　哎嗨哟！英雄人物 更风 流！

| 5 3 2. | 3 2 1 2 1 0 | 6. 1 2 2 3 | 2 3 2 1 6 |
　　　　　　　　英 雄人物 更 风流！

| 5 2 3 2 1 7 6 | 5. 6 1 6 | 2 2 2 5 6 2 | 5 0 0 ‖
更呀嘛更风 流！　哎嗨哎嗨 更 流！

| 5 2 3 2 1 7 6 | 5. 6 1 6 | 2 2 2 5 6 2 | 5 0 0 ‖
更呀嘛更风 流！　哎嗨哎嗨 更 流！

| 5 7 7 6 5 6 | 5 - | 6 5 6 1 2 6 | 5 0 0 ‖
更 风 流！

红岩村上唱山歌
（女声独唱）

$1=$♭B $\frac{3}{4}$

中速 赞美、热情地

李景华 词曲

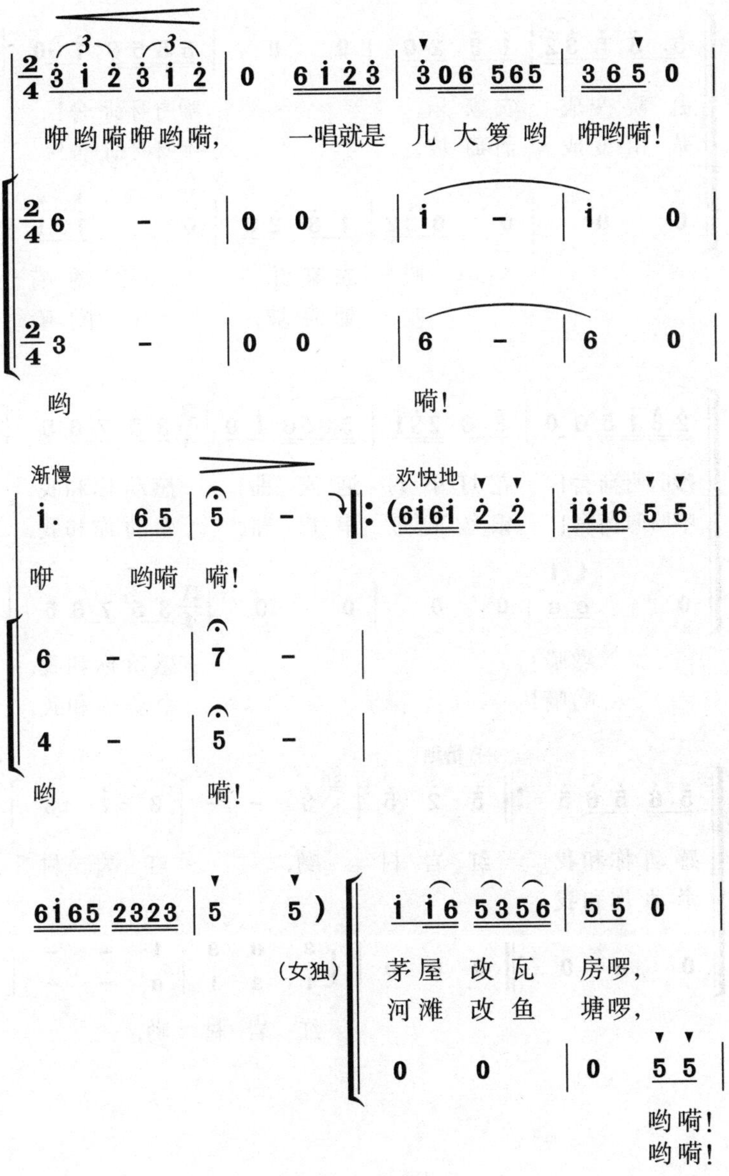
咿哟嗬咿哟嗬，一唱就是几大箩哟咿哟嗬！
哟
嗬！
渐慢
欢快地
咿哟嗬嗬！
哟
嗬！
（女独）
茅屋改瓦房啰，
河滩改鱼塘啰，
哟嗬！
哟嗬！

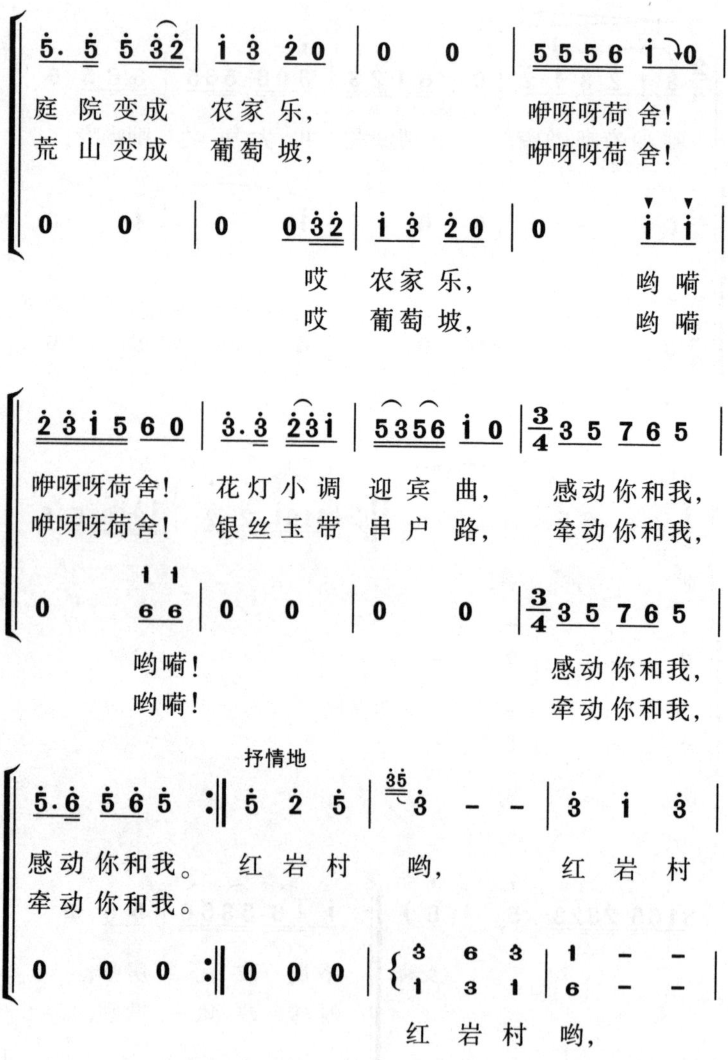
庭院变成农家乐，咿呀呀荷舍！
荒山变成葡萄坡，咿呀呀荷舍！
哎农家乐，哟嗬
哎葡萄坡，哟嗬
咿呀呀荷舍！花灯小调迎宾曲，感动你和我，
咿呀呀荷舍！银丝玉带串户路，牵动你和我，
哟嗬！感动你和我，
哟嗬！牵动你和我，
抒情地
感动你和我。红岩村哟，红岩村
牵动你和我。
红岩村哟，

红岩村上唱山歌

```
2̣3̣
2 - - | 2/4 6.1 23 | 5 32 3̂2̂1 | 35 765 |
哟,        你是一首  醉人的歌哟  一首醉人的

7 5 7 | 2/4 6 - | 0 0 | 0 0 |
红 岩 村    哟,

5 2 5 | 2/4 3 - | 0 0 | 0 0 |


5 - | 7.7 7̂6̂5 | 66 0 | 3.3 3̂2̂1̂2̂ |
歌。  瓜果甜又  香啰,   米酒暖心

0 0 | 0 0 | 0 ▽6▽6 | 0 0 |
              哟嗬!

2 - | 5.6 13 | 2̂3̂2̂6̂ 10 | 356 2̂ 7̂6̂5̂ |
窝;   姑娘不再  沉 默,   小伙不再漂

0 ▽2̂▽2̂ | 0 0 | 0 0 | 0 0 |
 哟嗬!


        (第二遍男齐)
5 - ‖: 5̇.5̇ 6̂5̂3̂2̂ | 33. | 2.5̇ 3̂2̂1̂ |
泊;    众人拾 柴哟       火 焰

0 0 ‖: 0 0 | 3̂.3̂ 2̂3̂2̂1̂ | 66. |
                众人拾   柴哟
```

我歌我快乐之息烽

$\begin{cases} \dot{2} - | 3.\underline{5}\ \underline{6\overset{\frown}{3}3} | \underline{\dot{2}3}\ \underline{7\overset{\frown}{6}5} | \underline{6\ \dot{3}}\ \underline{\dot{1}\overset{\frown}{65}6} | \\ \text{高} \qquad \text{共 创 美 好 的} \quad \text{新 生 活,} \quad \text{新 生} \\ \dot{2}.\underline{5}\ \underline{5\ 56} | \dot{1} - | 0\ 0 | 0\ 0 | \\ \text{火 呀 火 焰} \quad \text{高。} \end{cases}$

渐慢

$\dot{1} - \| \underline{5.\underline{5}}\ \underline{6\overset{\frown}{5}32} | \underline{\dot{1}6}\ \underline{1\ 2}\ 3 | \underline{3\ 5}\ 6\ \overset{3}{\overline{\underline{\dot{1}\ 2\ 3}}} \vee |$
活。 众 人 拾 柴 火 焰 高, 共 创 美 好 的

还原速

$\begin{cases} \underline{3\ \overset{\frown}{\dot{6}}}\quad \underline{\overset{\vee}{5}\ 2} | \underline{\overset{\vee}{5}\ 0}\ \underline{\overset{\vee}{6}\ \overset{\frown}{65}} | \underline{\overset{\vee}{5}\ 0}\ 0 \| \\ \text{新} \quad \text{生 活!} \quad \text{新 生 活!} \quad \text{嗨!} \\ \underline{0\ {}^{\sharp}4} \quad 0 | \underline{0}\ \underline{\overset{\vee}{6}\ \overset{\frown}{65}} | \underline{\overset{\vee}{5}\ 0}\ 0 \| \\ \underline{0\ \dot{2}} \quad 0 | \underline{0}\ \underline{\dot{2}\ \dot{2}} | \underline{5\ 0}\ 0 \| \\ \text{嗨!} \qquad \text{新 生 活!} \quad \text{嗨!} \end{cases}$

青 山 亲

方富俊 词
李 杰 曲

1=G 4/4

(6 - 5̲ 6̲7̲ 1̲2̲3̲5̲ | ⁶¹6 - - - | 5 6̲1̲ 6̲5̲3̲2̲ 1̲6̲ 2̲3̲

²³2 - - - | 3.̲ 2̲ 1̲6̲ 5̲6̲1̲3̲ 2̲1̲ | ⁶¹6 - - 6̲3̲5̲6̲

‖: 6 - - 6̲3̲5̲6̲ | 3 - - 1̲6̲1̲3̲ | 2. 5̲ 3 5̲ 3̲

6 - -) | 6̲·̲ 3̲ 6̲1̲1̲6̲ 6̲. 3̲ | 6̲ 6̲ 3̲5̲3̲2̲ 3 -

群山叠翠， 丛林莽 莽，
湖光潋滟， 百鸟飞 翔，

2.̲ 2̲ 3̲3̲ 2̲2̲3̲ 6̲ | 5̲6̲ 6̲5̲ 6̲3̲. | 3̲6̲ 6̲1̲1̲6̲ 1. 2̲

我们青山好风 光， 好 风 光。 苗乡儿 女
我们青山好地 方， 好 地 方。 民族团 结

3 3̲6̲ 2 - | 5.̲ 2̲ 1̲2̲3̲ 2. 3̲ | 5̲ 2̲1̲2̲6̲ 5̲ 1̲

织 锦 绣， 笙歌曼 舞 在飞 扬，在飞
齐 奋 进， 并肩耕 耘 新希 望，新希

6 - - - | 1.̲ 1̲ 1̲6̲ 1 - | 2 3̲6̲ 2 - ‖

扬。 民族风 情 润山 青，
望。 科学发 展 遍山 青，

我歌我快乐 之 息烽

5.2 123 2. 3 | 5 212 6 3.3 | 6 - - - |
青山处　处　　引凤　凰，引凤　凰。
青山户　户　　奔小　康，奔小　康。

6 - - 6 56 | 1 3 3 - - | 6 - - 6 56 |
啊，　　青山　亲哎；　啊，　　青山
啊，　　青山　亲哎；　啊，　　青山

1 2 2 - - | 5.5 5 3 5 5. | 5.1 5 3 1 3. |
亲哎。　　我爱青　山哎　放眼　亮哎，
亲哎。　　我爱青　山哎　情意　长哎，

5.5 5 3 5 5. | 5.1 5 3 1 2. | 3 - - 6 63 |
我为家　乡哎　添绿　装哎。啊，　青山
我为家　乡哎　争荣　光哎。啊，　青山

6 5 5 - - | 6 - - 6 56 | 1 2 2 - - |
亲哎；　　啊，　　青山　亲哎。
亲哎；　　啊，　　青山　亲哎。

6 3 3 35 1 - | 6 3 3 35 1 6. | 3 6 1 23 2. 3 |
青山绿　水　迎宾客，　鲜花美酒
青山绿　水　美如画，　共建和谐

3 212 6 3 3 | 6 - - - :‖ 3 6 1 23 2. 3 |
正飘　香，正飘　香。　　　共建和谐
铸辉　煌，铸辉　煌。

3 212 6 3 3 | 6 - - - | 6 - - - | 6 - - ‖
铸辉　煌，铸辉　煌。　哎……

龙马精神壮我行

方富俊 词
方 芳 曲

1=♭E 4/4
♩=116

mf
(1̇. 1̇ 1̇ 1̇. | 5 | 4 5 6 5.6 | 7.7 7 6 5 7.1̇ |
2̇ - - 5 | 1̇ 1̇.1̇ 1̇ 1̇) ‖: 1 1 2 5 | 3 0 2 3 |

传 说 龙 马 是 神
心 中 龙 马 是 神

p
{ 0 5.5 5 3 |
  0 3.3 3 1 | }
    啦 啦 啦 啦!

1 - - 0 | 4 4 4 1 | 6 0 6 5 4 |
骏,   日 行 千 里 赶   流
骏,   驾 着 希 望 赶   前

p
{ 0 7.7 7 5 | 0 0 0 4 5 | 6 - - 5 6 |
  0 5.5 5 3 | 0 0 0 2 3 | 4 - - 5 4 | }
    啦 啦 啦 啦!   啊!   啊!

mf
5 - - 0 | 1̇. 1̇ 1̇5 4 0 | 4 5 6 0 |
星。   出 入 天 门   呈 五 彩,
程。   勇 往 直 前   真 豪 迈,

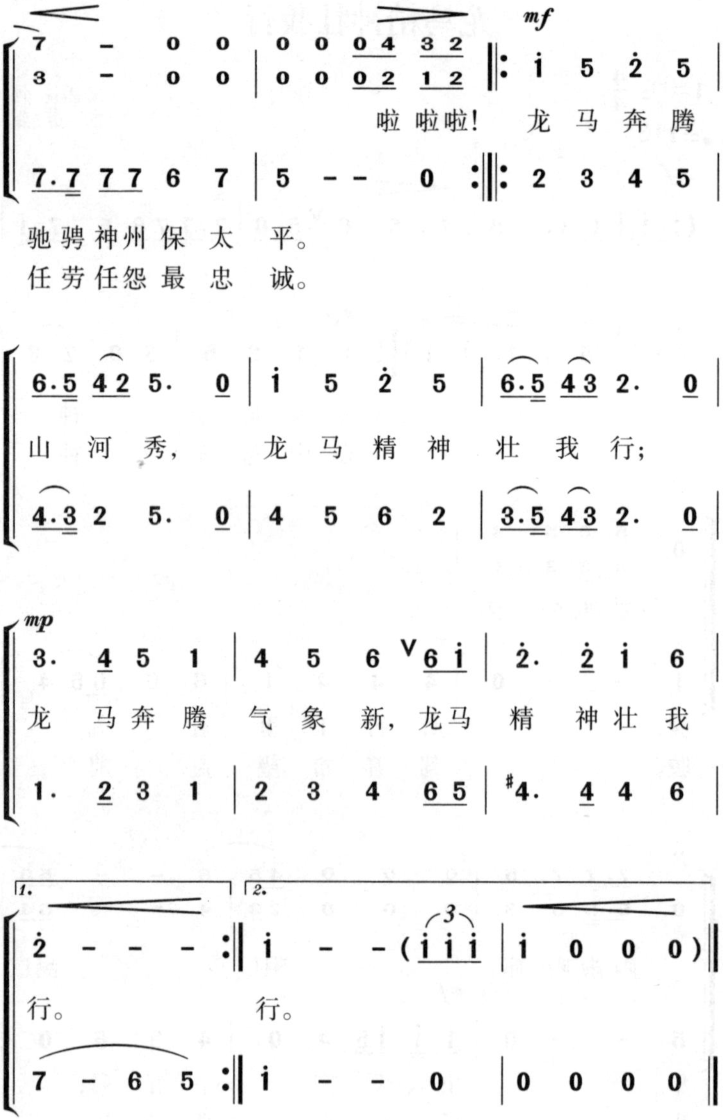
mf
啦啦啦！龙马奔腾
驰骋神州保太平。
任劳任怨最忠诚。
山河秀，龙马精神壮我行；
mp
龙马奔腾气象新，龙马精神壮我
1.
2.
3
行。
行。

息烽温泉

1=C 2/4
♩=68

方富俊 词
刘致民 曲

(6 3 1 0 | 3 - | 6 3 1 0 | 3 - | 6 3 1 0 | 2 - |

7 3 2 0 | 6 - | 3 4 3 1 | 2 3 2 6 | 7 3 7 5 | 3 - |

6 - | 6 -) 6 3 6 1 | 7 6. | 6 3 1 2 3 | 3 - |

温　泉啊 温泉，　温　暖的　泉，
温　泉啊 温泉，　温　暖的　泉，

3 5 6 3 | 2 6 7 | 6 1 1 6 | 2. 3 | 3 - | 3 - |

你在群山 环抱 中，你在花木 掩　映 间。

2 1 2 3

你引来四 海宾 朋，红　润了 憔悴容　颜。

6 3 6 1 | 7 6. | 6 3 1 2 3 | 3 - | 3 5 6 3 |

温　泉啊 温泉，　温暖的　泉，　小河 为你
温　泉啊 温泉，　温暖的　泉，　沐浴 圣泉

2 6 6 | 3 5 6 3 | 2 6 2 | 7 7 7 1 | 7. 6 5 | 6 - |

歌唱哟，鸟儿 为你 舞蹁跹，鸟儿 为你 舞蹁　跹。
身清爽，喝口 神汤 人延年，喝口 神汤 人 延　年。

我歌我快乐 之 息烽

$6 - | \underline{4 \cdot \ 4} \ \underline{3 \ 2} \ \underline{3 \ 6} | \underline{6 \ 2 \cdot} \ | \ \dot{2} - | \dot{1} \cdot \ \dot{1} |$

珍　珠　般的氡泉　水哟，　　　四　季
甘　露　般的氡泉　水哟，　　　永　远

$\underline{\dot{2} \ \dot{1}} \ \underline{\dot{2} \ \dot{3}} | 7 - | 7 - | 6 \cdot \ \underline{3} \ \underline{\dot{1} \ 6} \ \underline{6 \ \dot{2} \ \dot{1}} | \dot{2} \cdot \ 6 |$

热情无　限。　　美　丽　洁净的息烽　温　泉
造福人　间。　　神　奇　瑰丽的息烽　温　泉

$\dot{2} - | 7 \ 7 \ 7 \ 6 | 5 \ \underline{6 \ 7} | 6 - 6 - | \underline{3 \ 4} \ \underline{3 \ 6} |$

哟，　风光如画赛桃　源。　　　　啊！
哟，　快乐温馨胜童　年。　　　　啊！

$\dot{3} - | \underline{\dot{2} \ \dot{3}} \ \underline{\dot{2} \ \dot{5}} | \dot{2} - | 7 \cdot \ \dot{1} | 7 \ 5 \ 6 | 3 - | 3 - |$

　　　　　　　　啊！
　　　　　　　　啊！

$6 \cdot \ \dot{1} | 7 \ 6 \ 7 \ 5 | 6 - | 3 - | \dot{2} \cdot \ \dot{3} | \dot{2} \ 6 \ \dot{1} \ \dot{3} |$

人　醉温泉　水　　哟，　乐　　胜那云中
人　醉温泉　水　　哟，　乐　　胜那云中

$\dot{2} - | \dot{3} - | 6 \cdot \ \dot{1} | \underline{\dot{2} \ \dot{1}} \ \underline{\dot{2} \ \dot{3}} | \dot{2} - | 7 - |$

仙。　　　人　醉温泉　水　　　哟，
仙。　　　人　醉温泉　水　　　哟，

红岩村上唱山歌

$\widehat{35}$ 6 $\dot3$ | $\widehat{2\dot1}$ $\widehat{2\dot3}$ | $\dot3$ - | $\dot3$ $\widehat{2\dot3}$ | $\dot2$. 6 | 7 $\widehat{765}$ |

乐 胜 那 云 中 仙。　　乐 胜 那 云 中
乐 胜 那 云 中 仙。　　乐 胜 那 云 中

1. 6 - | 6 - :‖ *2.* 6 - | 6 $\widehat{2\dot3}$ | $\dot2$. 6 | 7 $\widehat{765}$ |

仙。　　　　仙。　　乐 胜 那 云 中

6 - | 6 - | $\dot1$ - | $\dot2$ $\dot3$ | $\dot3$ - $\dot3$ - $\dot3$ - $\dot3$ - ‖

仙。　　云 中 仙。

忠 魂 曲

方富俊 词
林　崇 曲

1=D 4/4
♩=60

(3 3 3 2 6 - | 2 7 7 5 3 - | 6 6 7 1 5 #4 |

3 - - - | 6 2 7 0 5 #4 3 | 1 7 | 6 - - -)

3 3 2 3 2 2 0 | 2 5. 6 5 3 0 | 6 6 6 7 1. 3 |
刑具　成山　　血迹　斑斑，阴森牢房冤魂
铁骨　铮铮　　目光　如电，鲜血流尽大节

2 3 2 2 - - | 5 6 7 5 6 - | 5 6 7 5 3 - |
呐喊。　　　英烈在这里　历尽苦难，
不变。　　　英雄在这里　经受考验，

#4 4 4 3 2 0 2 3 4 | 3 0 (2 3 #4 3 0) 5. 6 | 7 - 7 0 3 2 1 |
正义与邪恶较　量　　就　在　　昨
忠诚和热血染　红　　旗　帜　　鲜

6 - - 6 0 | 3 3 3 2 6 - | 2 7 5 3 - |
天。　　　爱国情怀　昭日月，
艳。　　　爱国情怀　昭日月，

红岩村上唱山歌

| 6 6 6 7 1̇ 1̇ 5 #4 | 3 - - - | 3̇ 3̇ 3̇ 2̇ 6 - |

民族 精 神 感 人 天。　　　三 山 五 岳
民族 精 神 感 人 天。　　　三 山 五 岳

| 2̇ 7 5 3 - | 6 6 6 7 1̇ 6 0 3̇ | 2̇ - - - |

惊 雷 响，　忠魂一曲荡　河 山，
惊 雷 响，　忠魂一曲荡　河

| 7 0 3̇ 2̇ 1̇ 7 | 6 - - - :‖ 2̇ - - 2̇ 3̇ |

荡　河　山。　　　　山，　　荡

| 1̇ 0 3̇ 2̇ 0 2̇ 7 | 6 - - - | 6 - 6 0 0 ‖

河　山。荡 河　山。

135

天台佛光

1=♭E 4/4

方富俊 词
方　芳 曲

中速　虔诚、圣颂

mp
(6 3 5 6ⅹ | 6 - - - | 1 5 6 3ⅹ | 3 - - ∨ 2 3 |

（古筝）

mf
‖: 6. 2 1 3 | 6. 1 5 3 | 2 3 5 6 1 7 | 6 - - 0) |

（乐队入）

mp
6 2 2 1 2 3 1 6 | 6 - - 0 | 6 6 6 5 6 1 | 5 6 |
原始 丛林 清泉 流　 淌，　　　庄严 古刹 钟声 悠
群峰 叠翠 鸟语 花　 香，　　　绿荫 掩映 古老 村

3 - - 0 | 3 6 7 6 7 6 5 | 3 3 5 6 2 - |
扬，　　　一炷　馨香　化作 愿　望，
庄，　　　岁岁　勤学　知识 增　长，

3 5 5 6 2 3 2 1 | 6 - (0 3 5 6) | {1. 6. 1. 6.} 6 3 5 6 |
积德 行善 心有 慈　航。　　　　天　台　佛
年年 勤耕 瓜果 飘　香。　　　　天　台　佛

{1 - - - , 6 - - -} | {7. 5. , 1. 6.} 2 6 5 | 3 - - - |
光　　　　　如意 吉　祥，
光　　　　　如意 吉　祥，

红岩村上唱山歌

大慈大悲 呼唤迷茫， 佛光普
甘露遍洒 众心欢畅， 佛光普

照， 莲花朵朵净土芬芳。
照， 山灵水秀人民安康，

山灵水秀人民安康。

巾帼旗帜

1=♭E 3/4

方富俊 词
曾宪达 曲

♩=130 热情地

```
3  6  6̂ 1̂ | 6 - - | 5  5̂ 6̂ 5̂ 3̂ | 3 - - |
```

龙 马 故 乡， 凤 舞 龙 翔，
幸 福 堡 子， 妇 女 自 强，
迎 着 霞 光， 耕 耘 希 望，

```
3  6  1̂ | 2̂ 3̂ 2 - | 1  2̂ 5̂ | 3 - - |
```

半 边 天 文 化 发 千 祥。
半 边 天 姐 妹 有 主 张。
半 边 天 心 中 有 朝 阳。

```
3  6  6̂ 1̂ | 6 - - | 6 · 6̂ | 5  3 - |
```

山 清 水 秀， 百 业 兴 旺，
男 女 平 等， 同 工 同 酬，
龙 马 精 神， 代 代 弘 扬，

```
6  6̂ · 1̂ | 2̂ 3̂ 2 - | 5  3 | 5  6̂ - | 6 - :||
```

家 家 户 户 果 飘 香。
农 村 率 先 树 榜 样。
建 功 立 业 奔 小 康。

红岩村上唱山歌

$\dot{3}$ $\dot{3}$ $\widehat{1\dot{2}}$ | $\dot{2}$ - - | $\dot{2}$ $\widehat{\dot{2}3}$ $\widehat{\dot{1}6}$ | 6 - - |

美丽纯朴，　　　勤劳善良，
心灵手巧，　　　聪慧贤良，

7 7. $\underline{7}$ | 7 7 0 | 5 $\widehat{56}$ $\widehat{53}$ | 3 - - |

爱心让生命　充满阳　光。
爱心让生活　充满阳　光。

$\dot{3}$ $\dot{3}$ - | $\widehat{1\dot{2}}$ $\dot{2}$ - | $\dot{2}$ $\widehat{\dot{2}3}$ $\widehat{\dot{1}6}$ | 6 - - | $\dot{2}$ $\dot{2}$. $\dot{1}$ |

巾帼　多彩，巾帼芬芳，　巾帼的
巾帼　多彩，巾帼芬芳，　巾帼的

$\dot{2}$ $\dot{3}$ - | $\dot{3}$ - - | 5 5 $\widehat{56}$ | 6 - - | 6 - - ‖

旗帜　　　高高飘　扬。
旗帜　　　高高飘　扬。

后　记

　　民歌民谣来自民间，代表民心民意，是架设在百姓与党政之间的一座有韵律、有旋律的连心桥。

　　用民歌民谣提神聚气，激发全面建设小康社会的合力和活力，是深入发掘地域特色文化、讲好地方故事、传播中国好声音的一项重要工作。自全省同步小康优秀民间歌谣征集活动开展以来，中共息烽县委宣传部、县全面小康办、县文联高度重视，成立了以县四大班子主要领导为顾问，县委副书记、县委宣传部长为正、副主任，相关部门负责人为成员的《我歌我快乐之息烽》编委会，认真编制方案，精心组织培训，组织艺术家走村访寨，深入田间地头，深扎全面小康建设一线采风，收集、创作了400多首民间花灯小调、民歌、民谣和原创音乐作品，全面反映了息烽广大干部群众在全面小康建设中感念党和

后 记

政府恩情、热爱家乡、唱响家乡、建设家乡的激情。这批作品陆续在《贵阳宣传》《知行》《息烽宣传》和《西望》等文艺期刊发表，引起了积极的反响。

编委会按照省的统一部署，成立编辑部，对收集到的稿件进行精心审稿、修改完善、归类，精选出114首，分四个篇章，交贵州出版集团、贵州人民出版社编辑出版。其中，"要好还数家乡好"篇章，重点描述息烽人文景观和自然景观，歌赞家乡经济社会发展新变化，表达干部群众热爱家乡之情；"干群同心建小康"篇章，重点反映息烽干部群众在小康建设中发扬"自强不息、艰苦奋斗、赤胆忠诚、协力争先"的息烽精神，勠力同心实现后发赶超，与贵阳市同步率先建成全面小康的顽强斗志，歌唱家乡在基础建设、生态保护、产业发展方面的巨大变化；"幸福不忘党恩情"篇章，从不同角度，表达息烽干部群众对党的好政策、党委政府的英明决策，给百姓带来幸福美好新生活的感恩之情；"红岩村上唱山歌"篇章，本着内容出新、易传易唱的原则，精心选编了近年来息烽县文艺工作者创作的新歌、好歌，供干部群众传唱。

整部歌谣集创作主体多样化，作品体裁多元化，充分展示了息烽全面小康建设的成果，反映了息烽干部群众建设全面小康示范县的激情和信心，表达了息烽干部群众坚定不移跟党走的决心。这些作品正因为来自民间草根，才真正是新时代的黄钟大吕，进一步凝聚了同步小康的正能量，唱响了同步小康的好声音。

借本书出版之机，特在此对参与本书作品创作、收集、编审、校对的各位文艺界同仁，以及支持本书编辑出版的各位领导、专家表示衷心的感谢！

　　由于编者水平有限，不足之处，还望广大读者朋友予以批评指正。

编　者
2018年9月